唇が嘘をつけな

シャノン・マッケナ

新井ひろみ 訳

THE MARRIAGE MANDATE

by Shannon McKenna

Translation by Hiromi Arai

THE MARRIAGE MANDATE

by Shannon McKenna

Published by K.K. HarperCollins Japan, 2024

唇が嘘をつけなくて

おもな登場人物

マディ・モス――会計士
ケイレブ・モス――マディの上の兄。〈モステック〉CEO
マーカス・モス――マディの下の兄。〈モステック〉最高技術責任者（CTO）
エレイン――マディの祖母。〈モステック〉の元CEO
ジェローム――マディの大叔父。〈モステック〉顧問
ヴェロニカ（ロニー）――ジェロームの娘
ジャック・ダリー――科学者。ケイレブの元共同経営者
アメリア――ジャックの友人
ガブリエラ――ジャックの元恋人
ビル――アメリアの元恋人

1

「そんな浮かない顔してないで」ジェリーがモヒートのグラスをマディ・モスのそれにカチンと合わせた。「ボーイハントするには最高の場所にいるんだから。トリックスとテレンスの結婚イベントだもの、いい男が選り取り見取りじゃない。あなただってすぐに相手が見つかるわよ」

「そんな気になれない」マディ・モスは暗い表情のまま、浮かれ騒ぐ人々をぼんやりと眺めた。このカクテルパーティーも、友人トリックスの三日間にわたる結婚イベントの一環だ。「ボーイハントなんて、そんな下品でみっともなくて惨めったらしいこと、わたしにはできません」

「あらあら、それはお気の毒さま」ジェリーの口ぶりは本気で気の毒がっているようにも聞こえた。「だけど今のあなたは、そうも言ってられないでしょう。やってみたら楽しいかもよ。ほら、見て見て。アストン、ゲイブ、リッチー、ハーシェル。サムにブルースもいるわよ?」

親友が名を挙げた男たちを順繰りに眺めたマディは、マルガリータを一口飲んでかぶりを振った。「だめね。みんな、だめ」

ジェリーが呆れたように目玉をくるりと回した。「切羽詰まった状況に置かれてるわりには選り好みしてくれるじゃないの。おばあさまに言われてるんでしょ? 二カ月後にやってくる三十歳の誕生日までに結婚することって。婚約だけじゃなくて結婚しなきゃだめなのよね? 結婚式の準備には時間がかかる、なのにまだ相手さえいない。チクタク、チクタク、時計は進む」

「わかってるわよ、期限が迫ってることは」マディはつぶやいた。「守れなかったらどんな目に遭うかもわかってる」

「ぶつくさ言うのはもうやめなさい。ここは正真正銘、花婿候補のビュッフェ会場よ。来週にはエヴァ・マドックスの結婚式もある。つまり、ここで運をつかめなくてもチャンスはもう一度あるってわけ。とにかく、見てよ。あなたの目の前にずらりと並んで羽を広げてる雄クジャクたちを。アストンはすごく頭がよくて、しかも〈ホリス・ブルワリー〉の御曹司。ゲイブは見事な肉体の持ち主だし。昼間、ビーチで彼の腹筋、見たでしょ?」

「いやでも目に入るわよ。あの人、誰彼かまわず見せつけるんだから」

「並以下のルックスは一人もいない。というか、何人かはかなり高レベルよ。サムとかアストンとかリッチーとか。ブルースは前途有望なデータアナリストで、ハーシェルはなんとかっていう新しい電機メーカーの最高執行責任者に就任した。悪くないラインナップじゃないの、マディ。先入観は捨てなさい。ね？」

「わたしは彼らを知りすぎてるのよ、ジェリー。アストンはとにかく傲慢。一度食事したことがあるんだけど、そのあいだずっと電話していて、しかも相手を怒鳴りつけてた。サムはスポーツの話しかしないし、リッチーは口を開けば数学理論の解説」

「何それ。数学理論？　数学の女神に向かって？　あなたのこと、誰も彼に教えなかったのかしら」

「そうみたいね。そしてハーシェルはわたしのことを怖がってるわ。だから一緒にいても退屈だし、ゲイブは興奮したラブラドールの子犬みたい。おまけにシャツのボタンを留めてお腹を隠すということができない」

「まだブルースがいるじゃない」ジェリーが励ますような口調で言った。「彼は野心家で行動的、グイグイ行くタイプよね」

「そうね。グイグイ行って、たいていのものは手に入れるんでしょう」マディはそっけなく答えた。「でもヒラリーは四カ月前に彼と別れたわ。クラミジアをうつされたから」

ジェリーはため息をつき、モヒートをすすった。「あーあ。完璧な男はいないってことか」しかしマディの後方へ向いた彼女の目が、きらりと光った。「待って。今の、撤回する」その声が、感に堪えないというような囁き(ささや)になった。「完璧を絵に描いたような人がいたんだった。テレンスの介添人なんだけど、遠方からの参加だから昨夜のリハーサルディナーには間に合わなかったのよ。空港からのタクシーから降りるところを、あたし、見かけたの。テレンスの古い友人だってトリックスが言ってた。優秀な科学者で、今は外国にいるんですって。何もかも申し分ないんだけど、中でもあのお尻。ああもう、たまらないわ」

興味をそそられて、マディは振り返った。

そして凍りついた。ぴんと張った弦みたいに全身が細かく震えだし、頭の中が真っ白になった。

ジャック・ダリー？　彼がテレンスの介添人？　花嫁介添人であるわたしと一緒に行動するということ？　ああ、神さま。

あろうことか、九年ぶりに見るジャック・ダリーは、マディの記憶以上に見目麗しかった。いちだんとたくましくなったように見える。ゆったりしたベージュのチノパンツに白いリネンシャツというカジュアルな服装。軽く開いたシャツの襟もとから、日焼けした胸がわずかに覗（のぞ）いている。上背があり腕も脚も長い。肩は広くて手も大きく、顎が角張っている。あの鷲鼻（わしばな）が昔から好きだった。濃い眉の下で鋭い光をたたえている瞳、奥目気味の焦げ茶色の瞳も。今のジャックはあの頃よりも全体的にがっしりとして、顔つきがいかつくなっている。

ジャックの目がこちらを向いた。とっさにマディは首を巡らせてもとの姿勢に戻った。

ジェリーが不思議そうな顔をしている。「大丈夫？　やけに顔が赤いけど。ひょっとして、あの素敵な彼のせい？　そうよね、あたしだって見たとたん体温が急上昇したもの。静まれ、あたしの心臓、って感じ」

「知ってる人」マディは正直に言った。

「ほんとに？」ジェリーが目を輝かせた。「紹介してよ」

「だめ！　絶対にだめよ、ジェリー。悪い男だから。最悪だから。あんなやつ、さっさと頭から追い出してドアに鍵をかけなきゃ」

ジェリーの真っ赤な唇がぽかんと開いた。ややあって彼女は、目をきらきらさせながらテーブルに身を乗り出した。「面白そう。スキャンダル？　詳しく聞かせて！」

「そういうのじゃないの、ジェリー。面白くもなければ艶っぽくもない。悲しくもおぞましい、そして腹の立つ話よ。聞いて楽しい話じゃ全然ないから」

「でも聞きたい。どうしても聞きたい。ねえ、教えなさいよ」

マディは大きく息を吐いた。それでも胸の鼓動は激しいままだ。「そこまで言うなら話すけど……兄のケイレブは知ってるでしょ」

「女なら誰だって知ってるに決まってるじゃない。彼が市場から消えたときには、みんなそりゃあ嘆いたものよ。で、ケイレブがどうかしたの？」

「兄とジャック・ダリーは高校時代からの親友同士で、スタンフォードでもルームメイトだったの。卒業後は二人でスタートアップ企業を起ち上げた。〈バイオスパーク〉というバイオリサイクルの会社よ。彼らは、ゴミ処理場や海にあふれるプラスティックゴミを見る見る分解してくれる酵素について研究開発し、やがて〝カーボンクリーン〟という名の画期的な製品を完成させた。世間は熱狂したわ。株式公開も目前に迫り、二人は莫大な富を手にしようとしていた」

ジェリーがうっとりした声を出した。「うーん、素敵。ジャック・ダリーは顔がいいだけじゃなくて頭もとびきりいいわけね。神さまって不公平よねえ」

「真剣に聞きなさいよ、ジェリー」マディはぴしゃりと言った。「彼は兄を欺いた。完全な証拠をつかむことは兄にもできなかったけど、ジャックはライバル会社である〈エナージェン〉に自社の研究データを漏らしていたの。あらゆる状況がそれを示している。彼がひそかにエナージェンに七十万ドル投資した直後、エナージェンは株式を公開した。バイオスパークが新規株式公開を予定していた数日前のことよ。おかげでバイオスパークの株式公開はおじゃんになった。そしてジャックは刑務所に入った」

「あーあ」ジェリーはがっかりした顔になった。「もったいないわね。あんなに格好いいのに」

「弁護士の奮闘で半年後には釈放されたけれどね。兄は怒髪天をつくどころの騒ぎじゃなかったわ」マディはさらに続けた。「とにかく、彼はそういう人間だから、ジェリー。嘘つきで狡猾な裏切り者。犯罪者。絶対に近づいちゃだめよ」

「だけど」ジェリーはジャックを見つめて考え込んだ。「おかしくない？　自分たちの会社が順調なんだから、そのままおとなしくしてれば、そのほうがはるかに儲けは大きかったでしょうに」

「もちろん、わたしたちもそう思った。でも、頭のおかしな人間の考えることなんてわからないじゃない。当然ながら本人は、自分ははめられたんだとかなんとか必死に訴えてたけど、状況証拠は揃ってたのよ」

「おかしいわねえ」ジェリーはまたつぶやいた。

決して後ろを向くまいと、マディは体を固くしていた。「ねえ、あの人をじろじろ見るのはやめて、ジェリー。気づかれちゃう」

「ごめん、ごめん。でも見ずにはいられないのよ。見ないなんて生理的に無理。それにしても、なんで彼はそんなことしたのかしら」

「永遠の謎ね。兄と祖母は、妬みからだろうって」

「何を妬むの？　ケイレブと一緒に会社を始めたんでしょ？　対等なパートナーとして。お互いを引きたて合う、華々しい二人だったでしょうに」

「うちの家庭環境が妬ましかったのかも。わたしたちきょうだいの生い立ちが。わたしは両親をまったく知らないし、ケイレブとマーカスだって母の記憶がわずかにあるだけだけど、わたしたちにはばばさまとバートラムおじいさまがいてくれた。必要なものはすべて与えられる恵まれた暮らしだったわ。だけどジャックは……違った。十代のとき父親が仕事中の事故で亡くなって、彼は里親のもとで暮らすようになった。その境遇で学校の成績が抜群によかったんだから奇跡よね。高校でのテストは常に高得点、スタンフォードでは全額支給奨学金を獲得。それでも、生い立ちにまつわるトラウマは根深かったんでしょう。長い時を経て、なんらかのプレッシャーを与えられたとき初めて表に出てくる傷って、あるのかもしれない」

ジェリーは目を丸くしていたが、すぐに表情をやわらげてストローで飲みものを吸った。

グラスの氷がカラリと音をたてる。「なるほどね」しんみりと彼女はつぶやいた。「悲しい話だわ」

「彼に同情なんかしちゃだめよ！　兄は打ちのめされたんだから！　心をずたずたにされたのよ。あれを境に兄は変わった」

「ケイレブはそりゃあ気の毒よ。でも、ジャックにだって同情の余地はあると思っちゃう。あなたのせいよ、マディ。あなたが人の心を震わせるような話し方するから」

「じゃあ、震えを止めて。あなたとジャック・ダリーが接近することはないから。ないことを祈るわ」

ジェリーがまた目玉をくるりと回した。「あのねえ、マディ。確かに彼には問題があった。確かに彼は悪事を働いた。だけどそれって九年前の話よね？　もう制裁は受けたのよ。彼、すごく素敵じゃない。おまけにとびきり頭がいいんでしょう？　モスの一人と事業を起ち上げるぐらいだから」

「頭はいい。天才的よ。それが裏目に出たんでしょ」

ジェリーは組んだ両手に顎をのせ、親友の顔をしげしげと見た。「ちょっとびっくり」穏やかな口調で彼女は言った。「あなたがそんなにむきになるなんて。おばあさまから理不尽な結婚命令を下されて以来、ずっと覇気がなかったのに。ほっぺに色が戻ってきたし、目も輝いてる。不思議だわ」

マディはとっさに背筋を伸ばした。ジェリーはジャック・ダリーの罪の重さがわかっていないのだ。わかろうともしていない。「むきになっちゃいけない？」思わず声を尖(とが)らせた。

「全然かまわないわよ」なだめるようにジェリーは言った。「だけどほら、彼がテレンスの介添人だってことは、あなたたち、一緒に祭壇の前に並ぶわけでしょ？　二人が写った写真がネットに出回るわよね。それって微妙じゃない？」

「兄はかんかんに怒るでしょうね」マディは暗い声でつぶやいた。「ジャックの首をへし折るかもしれない。祖母だって――もちろん優雅にだけど。いずれにしてもジャックはただじゃ済まないわ」

「ねえ」ジェリーが目をすっと細くして、何か考え込む顔つきを見せた。「これはひょっとするとチャンスかも」

「チャンス？　厄介なことになる気しかしないわよ」

「ねえ、あのおばあさまに対抗するには強力な何かが必要なのよ。ジャック・ダリーにはそれだけの力があるんじゃない？」

曖昧だが危険な匂いのするジェリーの提案に、マディは体をこわばらせた。「いったい何が言いたいの？」

「あたしもまだはっきりとはわからない。でも、なんとなく感じるの。今のあなたは八方塞がりなわけだけど、ジャック・ダリーによってもたらされた激しい感情は、なんらかの形で役に立つんじゃないかしら。ちょっとした思いつきにすぎないけど、どう？　考えてみてよ」

「頭が混乱してるんだけど」

「でしょうね」ジェリーは落ち着き払っている。「いずれにしても、気晴らしにはなるんじゃない？　あんなに素敵な人なんだもの。軽くかまってみれば？」

「良心のかけらもない盗人（ぬすっと）よ？　兄をひどい目に遭わせた裏切り者よ？」

「何も結婚しろとは言ってないし、盗まれて困るようなものには近づかせなければいい。ただあなたの目的のために利用するだけ。つきあってるふりをするの。彼を使っておばあさまに揺さぶりをかけるのよ。こんなにあなたを悩ませるんだから、おばあさまのこともちょっと困らせてやればいいわ」

「本気で言ってるの？　わたしが彼と……冗談でしょう？」

「もちろん本気よ」ジェリーはさらりと言った。「仮に冗談だとしても、どんな冗談にも一かけらの本心が含まれているものよ。ねえ、あたしには正直に言いなさい。ケイレブがあのとびきりの美青年を家へ連れてきたとき――日曜のディナーか春の休暇中か夏のバーベキューか知らないけど――あなた、どう感じた？」ジェリーはマディの表情を読み、訳知り顔でうなずいた。「なんて素敵な人かしらって、うっとりしたわね？　白状なさい」

「まあ、それはね」言い訳がましい口調になった。「当然、憧れたわよ。だけど彼はわたしなんてまるで眼中になかった。眼鏡に歯の矯正器具にボサボサ頭。友だちのへんてこな妹としか思われてなかった」

値踏みする目でマディを眺めたジェリーは、感嘆の呻きのような声を漏らした。「今はまったく全然、違うけどね。とびきりセクシーな大人の女性よ。そのブルーのホルターネックドレス、すごくいい。おかげで花嫁介添人、みんな美女に見えるわ。まあ、皆さん、もともとおきれいですけど」

「それはどうも」マディは余裕を見せてそう応じた。「花嫁介添人を代表してお礼を言うわ。あなたの黄色いドレスもすごく素敵よ。センスいいわね」

ジェリーは誇らしげな表情でブロンドの巻き毛をいじった。「それほどでもないけど」と、控えめに言う。「おばあさまの命令をかわす作戦に彼を使う気になったら、すぐに教えて。もし彼がフリーなら、この週末だけでもあたしとつきあってもらいたいから」

「だめ！」マディは思わず言った。「そんなことしないって約束して、ジェリー」

ジェリーは素知らぬ顔で目をぱちくりさせた。「あらまあ。ほんとに力が入ってるわね」

「そんなんじゃないってば」マディは必死に声を抑えた。「あの男は毒みたいなものなの。あなたも苦しむことになる。だからお願い。おかしな考えは起こさないで」

「ああたまらない。甘い甘い毒ね」ジェリーは手に顎をのせると、ジャック・ダリーのほうをうっとりと見つめた。

もう我慢も限界だった。マディは思い切ってちらりと振り向いた。ジャックはバーカウンターで新郎テレンスと話し込んでいた。ビールをぐいと一口飲んだ彼が、室内に視線を巡らせる。目と目が合ってマディは慌ててそっぽを向いたが、そのときにはもう、疼（うず）くような感覚が全身を駆け巡っていた。

ジェリーの鋭いブルーの瞳が一部始終を見ていた。「行って話してくれば?」彼女は言った。「あたしがした不適切な提案について、まずあなたに考える時間をあげるわ。そのあと、あたし自身も考える。だって人生は短いんだもの——あ、彼のアレは短くないわよ、賭けてもいいけど」

マディの顔がまた真っ赤になった。「ジェリー！　わたしが言ったこと、なんにも聞いてなかったの?」

「まあ、ハニー。あたしはわかってるからいいけど、そうじゃなかったら、あなた、彼を独占したがってるみたいに聞こえるわよ」

「ジェリー、お願いだからいいかげんにして」マディは食いしばった歯のあいだから声を絞り出した。

ジェリーは唇をぴくつかせて笑いをこらえている。「はいはい、わかりました。もうあたしのことは放っておいて、ほら、行きなさい。夫を見つけなきゃいけないでしょ。幸運を祈ってるわ」

見てはいけないといくら自分を戒めても、マディの視線はしきりにジャック・ダリーに引き寄せられた。

彼は嘘つき。彼は泥棒。彼は裏切り者。そうやって、ジャックの深い罪を心の中で唱えた。

効き目が現れるまで、何度も何度も。

あの女性はいったい誰だろう? なんてセクシーで魅力的なんだ。アイスブルーのホルターネックドレスに包まれた、見事な曲線と薄茶色の肌。漆黒の豊かなカーリーヘア。ふっくらした唇。あんな美女にはお目にかかったことがない。どこかで会ったような気がしないでもないが、きっと錯覚だ。あの美しい顔、艶やかなプラム色に彩られた唇を、一度見たら忘れられるわけがない。こうしてちらりと目にしただけで汗が吹き出てくるのだから。

彼女はこちらを見ようとしない。連れである豊満なブロンド女性のほうは、逆に見つめっぱなしだが。ブルーのドレスの彼女くらい美しい女性となると、他人と目を合わせないのが当たり前になっているのかもしれない。混み合ったレストランのウェイターみたいに。ジャック自身、ウェイターの経験があるからよくわかる。忙しい店内をスムーズに移動するためには、視線を動かさずひたすら前を見つめているのがいちばんだった。

不意に彼女がこちらを向いた——そしてすぐに目をそらした。その瞬間、ジャックはある事実に気づいて驚愕した。

間違いない。自分は彼女を知っている。あれはマディ・モスだ。ケイレブ・モスの妹。

だが、記憶にある姿とはまったく違う。確かに昔もキュートな少女ではあったが、ケイレブとジャックはあの頃、壮大な夢を描くことばかりに気を取られていた。毎日が全力疾走だった。だから、彼女と顔を合わせても意識することはほとんどなかった。マディ・モスは、歯の矯正器具と眼鏡が目立つ、生真面目そうな女の子だった。

それが、どうだ。今や誰もが目を瞠るであろうとびきりの美女だ。

「おい、どうした?」テレンスがジャックの顔の前で手をひらひらさせた。「幽霊でも見たか？」

「いや……ブルーのドレスの女性がきれいだったから」

「うんうん、彼女な」テレンスが低く口笛を吹いた。「おまえもいい趣味してるじゃないか。トリックスはずいぶん悩んだんだ、彼女を介添人にしていいものかって。介添人の引き立て役になりたい花嫁なんていないだろ？　しかし大好きなマディだから、それでもいいってさ。花嫁介添人の中でも彼女がピカイチなのは間違いない。式でおまえと彼女がペアになるように手を回してやろうか？　披露宴の席も隣同士になれるぞ。新郎たるおれならどうとでもできる」

「彼女がトリックスの介添人？」ジャックの声は恐怖でかすれた。

テレンスが目を細めた。「うん……何を怯えてるんだ？　大喜びすると思ったのに。彼女を見てみろよ。あれに抗える男がいるか？」

「ぼくとケイレブ・モスのあいだに起きたトラブル、覚えてるだろう？　九年前の」

「もちろん。だが、あれが濡れ衣だってこともおれはわかってる。まともな人間ならみんなわかってることだ。それがどうかしたのか？」

「信じてもらえてありがたいよ」心の底からジャックは言った。「マディ・モスはケイレブの妹なんだ」

テレンスが驚きに目を見開いた。「嘘だろ！」彼は振り返ってマディのほうを見た。「似ても似つかないじゃないか。彼女、ミックスルーツだよな？　あれか、養子縁組したとか？」

「そうじゃない。父親が違うんだ。きょうだいのもう一人、マーカスも父親は別だ。アジア系。だが、みんなモスだ。そしてみんな、ぼくを激しく憎んでいる」

「くそっ。そうだったのか。すまなかったな、ジャック。彼女、騒ぎだすだろうか。厄介なことになりそうか？」

「わからない。彼女に会うのは九年ぶりだし、当時の彼女はまだ子どもだった。だから、どうなるかまったくわからないんだ。ぼくに気がついているのは間違いない。今のところ、無視されている」ジャックは人の群れに目を向けた。「ぼくがここから消えれば問題はない。第四介添人の役目はほかの誰かに頼んでくれ。ぼくは一参列者になって、式が終わったらすぐに失礼するよ」

「冗談じゃない」テレンスが語気を強めた。「結婚イベントは何もかもトリックスの希望どおりに計画したが、おれが誓いの言葉を言うときおまえがそばにいる、それだけは譲れない。おれが大学を卒業できたのはおまえがいてくれたからだ。バイオスパークの件はおまえにとって災難だった。彼女が騒ぎだしたら、出ていくべきは向こうのほうだ。おまえじゃない」

「まだ何も起きていないんだから、そうかっかするな」ジャックがなだめた。テレンスはグラスに残ったビールをあおった。「トリックスが来いと合図してる。ビーチでバーベキューの準備だ。あっちにも参加してくれるよな？」

「ああ」ジャックはうなずいた。「昨夜のリハーサルディナーには出られなくて悪かった。ほら、花嫁が呼んでるぞ。待たせるな」

テレンスがまっすぐトリックスのもとへ歩いていく。ほっそりした赤毛の彼女はにこにこ笑っている。疲れも見えるが、幸せな疲れなのだろう。そんな花嫁をテレンスは溺愛している。

ジャックにとってテレンスは、数少ないけれど大切な友人の一人だった。バイオスパークの一件があってからも友人でいてくれる彼らの存在が、どれほどありがたかったか。事件後は、専門分野の仕事に就けない期間があった。自社の知的財産を競争相手に売ったり、敵の勝ちに賭けたりしたとされる人間を、どこの会社が欲しがるだろう。

海外企業と取り引きのある友人たちの紹介で、ふたたびバイオテクノロジーの仕事ができるようになったのは、ほんの数年前のことだった。以来四年のあいだに、アジア、ハンガリー、南アフリカと渡り歩いた。さまざまな職を転々としていた日々に別れを告げ、またバイオテクノロジーに関われるようになって本当によかったと思う。たとえそれが、レベルの高くない、低予算のプロジェクトであってもだ。足るを知るということをいつの間にか覚えた。何ごともありがたいと思える。もっとずっとひどい暮らしをしていた可能性だってあるのだから。

ジャックは、マディ・モスがブロンドの友だちと座っていたテーブルを見やった。彼女はもういなかった。目が合ったのは一瞬だけだったが、あのとき走った電流のような衝撃は、まだジャックの体内で尾を引いていた。

大騒ぎする必要はないのかもしれない。彼女はこちらを避ける――たぶんそれだけ。ジャックなど存在しないかのようにふるまう。それが賢いやり方だ。そして、モス一族の賢さをマディも備えている。

こちらも同様にすればいい。とはいえ、テレンスはしかたないにしてもトリックスはマディの素性を知っているのだから、もうちょっと気遣ってくれるわけにはいかなかっただろうか。苦しい週末になりそうだ。

〝弱音を吐くな、ジャック〟父のだみ声が聞こえた気がした。〝本当のつらさはそんなもんじゃないだろう。獄に繋(つな)がれているわけじゃなし。今の境遇を嘆くのはやめろ〟

そうだった。ジャックの人生という名の列車は脱線した。でも、少なくともまだ生きている。自由に生きられる。鉄格子の中で朽ち果てようとしているわけじゃない。だから泣き言は許されない。たとえ得意分野で働くための努力が無に帰したとしても、くじけることはない。生きているのだから。生きていられるのは幸運なのだから。

後ろ向きな思考はもうやめるんだ。さもないとブラックホールに吸い込まれて、トリックスとテレンスの結婚を祝うどころではなくなってしまう。

それをわかってはいても、いちばん大事な友人とその家族に極悪人とみなされたことを思い出させられるのはつらい。無実を証明する術がないことをあらためて思い知らされるのも。

ジャックは絶望のあまり叫びだしたくなった。

2

ビーチパーティーでマディは、一生懸命楽しんでいるふりをした。砂浜にあずまやがしつらえられ、ステーキや骨付き肉やハンバーガーが炭火で焼かれ、サラダやサイドディッシュ、カクテルにビールにワインが、テーブルいっぱいに並べられている。けれどマディは、ジャック・ダリーを強く意識するあまり食欲がなかった。

もちろん彼はマディに近づいてきたりはしない。それどころか、こちらの存在にさえ気づいていないみたいだ。マディ・モスだとわかっていないのかもしれない。今ジャックは、絶世の美女、ロシア人モデルのオクサナと話し込んで楽しげに笑っている。トリックスは大手モデル事務所に勤めているので、うんと背が高くて細くて、作りものみたいにきれいな友人がとても多い。

オクサナは完璧なネイルを施した手で、しっかりとジャックの腕を押さえている。そうしないと倒れてしまうとでもいうかのように。まあ、履いているのがあの靴では無理もない。ビーチパーティーにピンヒールとタイトなシースドレスなんて、いったい何を考えているんだろう？

スプリッツァーをがぶ飲みして足もとをふらつかせたオクサナが、きゃあと声をあげながらまたジャックにしがみついた。

〝その人に寄りかからないほうがいいわよ。肩透かしを食らうから。思い切り転ばせられて痛い目に遭うわよ〟

見ているとむかむかしてくる。だからバーからエコカップに入った飲みものを取ると、サンダルを脱ぎ捨ててぶらぶらと水際へ歩いていった。一人きりで静かにスプリッツァーを飲みたい気分だった。

夜のビーチは美しかった。肌寒さは相変わらずだし空は雲で覆われているけれど、スウエットシャツとカットオフジーンズに着替えているから天候は気にならない。マディは濡れた砂を踏みしめて、白く泡立つ波打ち際を目指した。

雲の陰で輝く月が、幻想的な光の輪をつくりだしている。パーティーの喧噪(けんそう)と、焚き火(たび)のぱちぱちという音が遠ざかるにつれ、砂は重く冷たくなっていく。不意に、氷のような水に足を洗われてマディは息をのみ、それから歓声をあげた。

大海原の息吹のような波音に、心まで洗われるようだった。ああ、なんて気持ちいいの。

「何をしているんだ？　こんな暗いところに一人ぼっちで」

マディは後ろを振り向いた。ブルース・トレイナーがこちらへ向かってくる。面倒ごとの始まりだ。

「あら、ブルース」礼儀を欠かない口調で応じた。暗いおかげで笑顔を装う必要がないのが救いだった。

冷たい水に足が触れたとたん、ブルースは身をのけぞらせた。「うわ！」

慌てて後ずさる彼の姿に笑ってしまいそうになったが、なんとかこらえた。

「きみもこっちへおいで」ブルースが言った。「そんなところにいたら靴がびしょ濡れだ」

マディは、高そうなデッキシューズに目をやった。砂浜にあんな靴を履いてくるって、何を考えているんだろう。ブルースはオクサナとカップルになるといい。二人はきっと気が合うはずだ。

「だからわたしは裸足(はだし)で来たの」マディは言った。「裸足で波打ち際を歩くのがいいのよ」

ブルースはしばらくためらっていたが、しかめ面でそろそろとこちらへ近づいてきた。

「しかたないな、そんなにこだわるなら」彼はぶつぶつと言った。

「こだわってるとかじゃなくて」マディは小声でつぶやいた。「波を楽しんでるだけ」

足もとに波が打ち寄せるとブルースはまた騒いだ。「なんなんだ、この冷たさは。いや、ずっときみと話したいと思っていたんだ。ところがきみのまわりにはいつも人がいる。まるで蜜に群がる蜂の群れだ。まあ無理もない。誰だって甘い蜜には目がないものさ」

「わたしは甘い蜜じゃないわ、ブルース」少なくともあなたにとっては。マディは心の中で付け足した。

「賛成しかねるな」ブルースの白い歯がきらりと光った。「きみのおばあさまの話、噂になっているが、あれは本当なのか？　きみに結婚を命じたって。期限は……正確にはいつだ？」

「わたしの三十歳の誕生日だから」不承不承答えた。「九月よ」

「それじゃ、きみは乙女座か？　ぼくの母も乙女座だ。きっと馬が合う」

「あら、そう」マディはブルースの元婚約者であるヒラリーから、支配的な彼の母親にまつわる逸話をさんざん聞かされていた。

「そうとも。時間を無駄にしたくないから単刀直入に言うが――」

「それ以上言わないでいてもらえるかしら、ブルース」

「言わないわけにいかない。ぼくは昔からきみを好ましく思っていたんだ、マディ。だから――」

「聞きたくないわ」ぴしゃりと言った。

だがブルースは耳を貸さない。「唐突に聞こえるかもしれないが」こちらが口を開こうとするのをさえぎるように声を大きくする。「ぼくやきみの生きる世界では、より現実的な考え方が必要だと思う。家と家の結びつきとか資産の増強といった観点が。共同体の命運がかかっているんだから」

「共同体の命運？」マディは吹きだしそうになるのを咳払いで誤魔化した。「それはちょっと大げさなんじゃないかしら」

「何が大げさなものか」ブルースは高慢な口調で言った。「ぼくたちみたいな生まれの人間は、ロマンティックな夢だの非現実的な理想だのに振り回されてはいけないんだ。きみが一族の資産を守るために夫を必要としているのなら、ぼくは協力するにやぶさかではない」

「本当、ブルース？」マディはまた咳払いをした。「わたしに……協力してくれるの？」

「するとも。喜んで。じっくり検討したんだ。あらゆる角度から考えた結果、それが双方にとって最善の選択だと結論するに至った」

「へえ、そう」マディはつぶやいた。「つまり、あなたのことだけじゃなく、わたしのこともじっくり考えてくれたわけね。すごいわ、ブルース。心が広いのね」

「それほどでもないさ」ブルースにマディの皮肉は通じなかった。「今後きみが重要な何かを決めるときには、ぼくがそばにいて助けてあげよう。パートナーとして、夫として。考えてもみてごらん、マディ。これこそが、きみの問題をきれいに解決できる完璧な答えだ。時間的にもじゅうぶん間に合う」

「あのね、悪く思わないでほしいんだけど、わたしはあなたについてそんなふうに思えない」マディは言った。「あなたと結婚したいとは思わないの、ブルース。だってわたしは――」

「ぼくを愛していないから」ブルースは、こともなげに言った。「当然、きみはぼくを愛していない。ぼくだってきみを愛してはいない。それがどうした? 愛なんて必要ない。無意味だ。そんなものよりはるかに重要なのは、現実を踏まえた選択、実用性の有無だ。昔の人たちはみんなそうしてきた」

「昔は女性は動産みたいなものだったから」マディはブルースに気づかせようとして言った。「結婚相手に関して発言する権利はなかったのよ。昔を懐かしむ趣味はわたしにはないわ」

「話をはぐらかそうとしているな」ブルースは苛立ち(いらだ)を見せた。「時間を無駄にしている場合じゃないだろう。きみはおばあさまに結婚しろと命じられた、だからぼくが解決案を提示しているんじゃないか。愛がなくちゃなんて女の子たちが言うのを、ぼくは常々ばかばかしいと思ってきた。愛なんて結局、肉欲をきれいな言葉に言い換えただけだ。そう、ぼくはきみに対して肉欲は抱いている。互いへの敬意、誠意、正式な結婚同意書、適度な肉欲。それだけ揃えばじゅうぶんすぎるほどじゅうぶんなんだ、ぼくにとっては」ブルースはマディの手をつかむと、ぐいと自分のほうへ引き寄せた。

マディはのけぞるようにして手を振りほどこうとした。「わたしは違うわ」ぴしゃりと言う。「わたしはあなたに肉欲を抱いていないもの」

「そんなこと、わからないじゃないか」ブルースはいっそう強くマディを引っ張ると、唇を奪った。

引く波に足もとの砂が流され、マディはバランスを崩した。足首に冷たい水がまとわりつく。ブルースの強引なキスはワインと玉ねぎの匂いがした。歯が唇にあたり、ぬるつく舌がうごめきだす。

マディは顔を背けて息をした。体を離そうともがきながらブルースを押す。「何をするの！」

「教えてあげようとしているんだ」ねっとりした声も耳障りだった。「きみはもっとリラックスしないといけない。そうすればこれのよさがわかる」

マディは腕を振り上げると、彼の頬を思い切り平手打ちした。

ブルースの体がのけぞった。驚きに目を見開いている。「おい！」彼は叫んだ。「どうしたっていうんだ？　ぼくは結婚しようと言っただけじゃないか！」

「そしてわたしはノーと答えた」マディは淡々と言った。「あなたが聞いていなかっただけ」

ブルースはまごつきながらも言った。「いや……しかし、きみはわかっているのか？　自分が何を拒否しようとしているか。せっかくきみの出自を大目に見てやろうとしているのに――」

「出自？　なんのこと？」

「ぼくはきみにトレイナーの名を与えようと言っているんだぞ！」ブルースは怒鳴った。「きみの父親がお母さんに与えたものとは比べものにならない。それをきみは突き返すつもりか？　ぼくの顔に泥を塗るのか？」

「いいえ、あなたの顔には、これよ」マディは手にしていたスプリッツァーをブルースの顔めがけてぶちまけた。

ブルースはよろよろと後ずさった。顔を拭いながら口をパクパクさせるが声は出ない。

「ええ、母は自分の生きたいように生きたわ」マディは言った。「その点では、わたしは母を見習うつもりよ。あなたのものにはなりません。あきらめて」

「どうした？」

背後で静かな声がして、マディはさっと振り返った。ジャック・ダリーがたたずんでいた。焦げ茶色の目を油断なく光らせている。すべてを見られていたのだ。

「なんでもない」ブルースがうなるように言って顔を拭った。「行ってくれ。見世物じゃないんだ」

「彼女に訊いたんだ、きみじゃなくて」ジャックが穏やかに返した。

「失せろ、ダリー！　彼女はおまえみたいな前科者に用はない！」

「きみにも用はないみたいじゃないか。そっちこそ、さっさと退散したらどうだ。これ以上惨めなことになる前に」

ブルースは後ずさりしながらマディを睨みつけた。「きっと後悔するぞ」

「ご忠告ありがとう。おやすみなさい、ブルース」

小さな声で毒づきながらブルースは、砂の上をとぼとぼ遠ざかっていった。

月明かりの下、マディとジャック・ダリーが残された。二人のそばへ波が寄せ、また引いていく。

「大丈夫かい？」

「ええ」

「むかつくやつだな。本当になんともない――」

「なんともないってば。助けてもらう必要なんてなかったわ。とくに、あなたには。ブルースは別に危険じゃないし。ただ不愉快なだけ」

「そうか」ジャックは言った。「やつが言ってたあれは、どういう意味？　エレインに結婚を命じられているとか」

「うちのことはあなたに関係ないでしょう」

「ああ、そうだった。それじゃ、誰かに尋ねてみるかな。噂話が聞けるだろう」

マディは大きくため息をついた。「わかったわよ。手短に言えば、祖母が脅迫じみたやり方でわたしたちきょうだいを結婚させようとしているの。飴と鞭を使い分けるなんてやり方じゃなく、待っているのは鞭のほうだけ。わたしたちが期限までに結婚しなければ、祖母の持ってる〈モステック〉の株をジェロームに譲渡するんですって。尊大で強欲で浅はかな大叔父、ジェロームによ。もしもそうなれば大叔父は株式を公開する。それは、わたしたちの知っているモステックの終わりを意味するのよ」

ジャックは長いこと黙ったままでいた。「それは無念だろうね」

「ケイレブの場合は祖母の命令のおかげで幸せになれたけど。ティルダが娘のアニカと共に彼の人生に再登場したわけだから。アニカはティルダとケイレブの子なんだけど、ほんとに可愛いの。ティルダのことは覚えてる？」

「もちろん。しかし彼女が子どもを産んだのは知らなかった」

「わたしたちも知らなかった。でもみんな、最高の贈りものをもらった気分でいるわ。アニカはもうかけがえのないモスの一員よ。みんなが彼女にメロメロ。ただ、ケイレブで大成功して味を占めた祖母は、わたしにいっそう強くプレッシャーをかけてくるようになった。あと二カ月でわたしは三十になるんだけど、その誕生日がタイムリミット。男の孫のリミットは三十五歳なのに、卵子が劣化するからって女のわたしは三十よ。この話が噂になってしまって、日和見主義のばか男たちがわれもわれもとわたしのところへ押しかけてくる。モスの財産がたくさんの男たちの欲望に火をつけたってわけ」

「財産じゃなくて、きみを欲しがってるのかもしれない」

「違うわ。わたしはそんな幻想は抱いていない」マディは浮かない顔で続けた。「あの人たちが求めているのはモステックであって、わたしではない。伴侶探しのための環境としては最悪よ。金の亡者の山の中から、そうじゃない人をどうやって探しだせばいいの？　土曜の夜を一緒に過ごすだけの相手でさえ、誰でもいいってわけじゃないのに。生涯を共にできる相手なんて見つかりっこないわ」

　ほのかな月の光だけではよくわからないが、ジャックはマディのことを眺め回しているようだった。砂にまみれたむき出しの足から、風に乱れた髪まで。

「よくわからないな。それがきみにとってそこまで重大な問題になるんだろうか」

「考えてもみて。簡単なのは、祖母の命令に従わないことよね。成り行きに任せる。モステックなしでもわたしは生きていけるもの。フォレンジック会計士としてコンサルタント事務所を開けば仕事はいくらでも来るわ。じゅうぶんやっていける。長い目で見たらそのほうが幸せかもしれないくらいよ」

「フォレンジック会計士？」ジャックは驚きの声をあげた。「きみが？」

「ええ。昔から数学が大好きだったの。そんなに意外？」

「いや、ほら、そういう職業と言われて思い浮かぶのは、眼鏡をかけてでっぷり太った薄毛の男が、目を皿のようにしてパソコンの画面を睨んでいるところで。いやいや……驚いたな」

「眼鏡はわたしもかけるわ。お気に入りのやつをね。画面を見つめすぎて目は赤信号みたいになるけれど。この仕事は天職だと思ってるわ。数字にまみれて、データのパターンを見つけて分析するのが楽しくてたまらないの。モステックの経営幹部になってもこんな楽しさは味わえないはず。なのに祖母は、身内の才能をモステックに集結させることに一生懸命。わたしを最高財務責任者にしようとしている」

「輝かしいキャリアだと誰もが言うだろうね」

マディは肩をすくめた。「でしょうね。でも、もしわたしが今後数週間のうちに結婚しなければ、大叔父のジェロームが社の実権を握り、わたしたちきょうだいを解雇する。八方塞がりよ」

「それは確かに大変だ」ジャックがつぶやいた。

「わたしはいいのよ。モスという後ろ盾なしで仕事をするのは平気。でもジェロームはケイレブやマーカスの首も切る――そんなの悔しすぎるわ。そして当然ながらモステックは間違った方向へ行ってしまう。少なくともわたしたちにとっては」

「なんとしても避けたい事態だ」

「そうなの。祖母はね、そんなわたしたちの愛社精神につけ込んでるの。それがあるからわたしたちをコントロールできると思っている。だから厄介なのよ。いったいわたしはどうすればいいの？　命令に従うためだけにブルースみたいなろくでなしと結婚しなきゃいけない？　そんなの、死んだほうがましよ。だいたい祖母自身があんな男、会って十分もすればいやになるに決まってるわ。祖母は不可能なことを要求してるのよ」

「ブルースなんかと結婚するのは論外だ」ジャックは語気を強めた。

「もちろんよ。誰かを喜ばせるために自分の人生を台無しにするつもりはないわ。だけど、本当に好きな相手を期限までに見つけられないと、わたしのせいでモステックも兄たちのキャリアも滅茶苦茶(めちゃくちゃ)になる。それも耐えられないわ。もちろん、最終的にはケイレブもマーカスもほかで立派にやっていけるのは間違いないけど。二人のことはよくわかってるから断言できるの」

二人のことはよくわかっていると口にしてから、マディは唐突に思い出した。ジャックだってじゅうぶんわかっているのだ。モス一族、全員のことを。わかりすぎるぐらいにわかっている。

マディは慌てた。いったいわたしは何を考えているの？　わが家の問題をこの人に――よりによってこの人に、べらべらしゃべって聞かせるなんて。ジャック・ダリーは友だちでもなんでもない。敵なのだ。

「第三の選択肢があるんじゃないかな」ジャックが言った。

驚きがパニックを上回った。「第三の選択肢？」

「エレインに折れてもらうんだ」

「無理よ！　どんな人かあなたも知ってるでしょう。あの人が折れるなんてこと、あると思う？　折れるとか自分の非を認めるとか、ありえないわ」

ジャックはつぶやくように言った。「確かに。だから何か思い切った方法をとるんだ。

ある種のショック療法というか。たとえば、彼女に憎まれるに決まっている相手を連れていくとか」

憎まれるに決まっている相手。

泥棒。裏切り者。企業スパイ。前科者。

瞬間的にそんな言葉が頭に浮かび、マディはぎょっとした。

「あなたに身内の話をしたのは間違いだったわ」声が震えるのをどうすることもできなかった。「そもそも、あなたに近寄るつもりはなかったのに」

「だろうね」ジャックは言った。「でも、こうして出会ってしまった」

マディの言うとおりだった。自分は立ち去るべきだ。さっさと……今すぐに。ジャックにもそれはわかっていた。

けれど、彼女が美しすぎる。月明かりを映して輝く大きな瞳。そしてあの唇。いったいなぜ、あの唇にもっと早く気づかなかったのか。

当時はガブリエラ・アドリアニに幻惑されていたからだ。

ジャックが別れた恋人のことを思い出すのはずいぶん久しぶりだった。あの頃は彼女を愛していると思い込んでいた。ガブリエラは美しくてセクシーだった。どれほどジャックを好きかについて、言葉でも態度でも大げさなほどに彼女は表明した。

ところが、バイオスパークがうまくいかなくなると同時に彼女は去った。ジャックはかなり長く傷心を引きずったが、彼女を責める気持ちは最後にはなくなった。ガブリエラにはガブリエラの人生設計があるだろう。できそこないの婚約者など、迷惑なお荷物でしかない。そう思えるようになった。

不思議なことに、よれよれのカットオフジーンズを穿いたマディ・モスを見ているうちに、ガブリエラの姿形をよく思い出せなくなった。ゆったりしたスウェットシャツも、マディの体のセクシーな曲線は隠し切れない。こんなカジュアルな格好でも、ドレスをまとっていたとき同様、彼女は美しい。ジャックの下半身が熱く脈打ちはじめた。

だめだ、だめだ、だめだ。こんなところでこんなときに。この女性相手に。何を考えているんだ、ダリー？

ジャックが発する欲望のエネルギーを感じ取ったのか、マディが後ずさりした。「あの……それじゃ」

マディが足早に去っていく。一足ごとに、漆黒の豊かなカールがセクシーに弾む。幅の狭い足跡はほかの誰のものとも違っている。とても華奢で、はかなげでさえある。

当人は、か弱い女性ではない。ゲス野郎ブルース・トレイナーをやり込めて、キザったらしい面に盛大に飲みものをぶっかけたマディ。ジャックは、にやりと思い出し笑いをした。

できることなら写真に撮っておきたかった。最高に格好いいマディ・モスの姿を、後々まで残しておきたかった。

いや、空しい想像を巡らせるのはやめなければ。彼女からは離れていなければいけないのだ。同じ空間にいてはいけない。同じ州にも本当はいないほうがいい。

焚き火のほうへ戻るあいだも、ジャックはマディの居場所を強く意識せずにはいられなかった。それはまるで、マディがどこへ行こうとスポットライトがついて回って彼女を照らしだしているかのようだった。実際に彼女について回っているのは、男の群れだったが。常に少なくとも五人が彼女を取り囲んでいる。彼女にシャンパンを注ぐ者、彼女の座る椅子を広げる者、彼女のためにイタリアン・ペストリーを盛った皿を持ってくる者。

巣に群がるミツバチさながらの男たちを、マディは軽やかにあしらっている。普通に言葉を交わし、相手が冗談を言えば笑う。平等に接して、誰かをえこひいきすることがない。結婚はおろか、彼女と一緒にコーヒー一杯飲むためだけに必死になる男がいくらでもいるに違いないのだ。一筋縄ではいかない、複雑で危険な女性。とびきり魅力的な……そんな彼女が、すぐそこにいる。

〝見るな、ジャック。おまえはもう、わずかなミスも許されないんだぞ〟父の声がまた聞こえた。

少なくともブルース・トレイナーは群れの中にいない。彼は焚き火を挟んでジャックの向かい側にいて、服を濡らしたまま不機嫌に押し黙っている。トレイナーがこちらを睨みつけたので、ジャックは睨み返してやった。そうして、ビールを掲げて乾杯のしぐさをした。

ざまあみろ、と心の中でつぶやく。少なくともあいつは戦線から離脱した。

その事実に深い満足を覚える自分が、ジャックは恐ろしかった。

「よう、ジャック」

振り向くと、そこに立っているのはゲイブ・モアヘッドだった。ブロンズ色のシックスパックスを見せつけるため、デニムシャツのボタンは全開だ。革紐(かわひも)にサメの歯やクマの鉤爪(かぎづめ)やメダルがぶらさがったインディアンジュエリーをじゃらじゃらと重ねづけしている。

「ゲイブ。久しぶりだな」

「さっきマディ・モスと話してただろ？　こっぴどく罵られたか」

「世間話をしていただけだ」

「世間話？　またまた。ぼろくそに言われてるに違いないと思いながら見てたんだぞ。きみたち二人を招待するとは、トリックスもとんだへまをやらかしたな。まったく、信じられないよ」

「テレンスとぼくとは古いつきあいだから」

「ふうん」ゲイブは舐めるようにビールを飲みながら、マディのいる焚き火の向こうを見やった。「まあ、きみと張り合わずに済むのは間違いないだろうからよかった。見ろよ、あの脚。あれが自分の腰に回るのを想像したら――」

「やめろ」ジャックは彼の台詞をさえぎった。

ゲイブが驚いた顔になった。「え！　なんだ、きみも狙ってるのか？」

「違う。単にきみの想像につきあいたくないだけだ」

「そうか。だが、きみが彼女に目をつけてるとしても責める気はないよ。マディ・モスはいい女だ。金も持ってる。おまけに、とんでもなく頭がいい。二カ月ほど前に、ダレルとフレデリックがやってる会社の経理部で問題が起きたんだ。そこで彼らはマディに助けを求めた。彼女は会社の一室にパソコンを持ち込みホワイトボードを何台も据え、連日籠り切りになった。数日で彼女は問題を完全に解明した。不正を行ったのは誰か。いつ、どこで、どのように不正を働いたか。金額はいくらか。ダレルたちに問い詰められた犯人はすべてを認めた。マディは、あらゆる細かい点まで正確に突き止めたんだそうだ。ダレルたちは感心しきりだったよ」

「そうか」

「そう、天才的レベルだってさ。ダレルたちが支払った報酬はそうとうな額だったらしいが、それだけの価値はあったってことだ。きみが彼女に憎まれてるのは残念だな。例のバイオスパークの件、もしほんとに濡れ衣なら、彼女こそきみの身の潔白を証明してくれる人物なのに。ま、人生、山あり谷ありだ。そうだろ？　もう一杯、飲むとするかな。きみのも持ってこようか？」

「いや、もういい」

こちらの視線を感じたかのように、マディが首を巡らせてジャックを見た。視線がかち合った瞬間、自分の内にあるすべてが光り輝きだしたようにジャックは感じた。

だから慌てて目をそらした。せめてストーカーには見られないよう、気をつけなければいけない。

不運とスキャンダルのおかげで、マディ・モスは永遠にジャックには手の届かない人になってしまった。だが、この事実を受け入れるのは難しい。聡明（そうめい）でセクシーで美しい女性が、自分のことを嘘つき、泥棒、裏切り者、極悪人とみなして、遠ざかっていくという事実を。

何年も努力を続けた結果、ジャックは感情に流されない術を身につけた。特定の事柄についての思考や、ある種の感覚を遮断して、常に冷静でいられるようになった。そうでもしないと、世の理不尽さにどうにかなってしまうに違いないのだ。

それでもときどきは、あまりに不当ではないかと、たまらなくなる。自分が欲張ったり身勝手なことをした挙句に人生を棒に振ったというのなら、まだ納得できる。自業自得なのだから、男らしく罰を受けよう。

だが、自分がこんな目に遭ういわれはないのだ。

これは何かの呪いなのか。マディ・モスに特殊な才能があると知った今、ジャックは運命の皮肉を痛感せずにいられなかった。数字の天才、真相を突き止められるかもしれない唯一の人物。それが彼女だ。

しかし、ジャックをとことん軽蔑しているマディが、そんな作業をする気になるわけはなかった。

3

疲労と緊張を抱えたまま、マディは披露宴に出席していた。結婚イベントが続いたこの三日間は、神経をすり減らす毎日だった。リハーサルディナー、ブランチビュッフェ、カクテルパーティー、ビーチパーティー。しかもジャック・ダリーが現れてからは、注意深く彼を避けることと、隙あらば求婚しようとする男たちをあしらうこと、そのふたつを同時にこなさなければならないのだから、気が休まるときがなかった。

さらにだめ押しのように、マディとペアを組むはずだった花婿介添人ルイスが、土壇場になってわがままを言いだした。式はもう始まろうとしていたので反対もできず、結局ルイスはデジレの腕を取り、マディはあろうことか……ジャック・ダリーと組まざるを得なくなったのだった。

披露宴会場へ移ってみると、ルイスはちゃっかりジャックと自分のネームカードを入れ替えていた。デジレの隣に座って求愛の続きをしようというわけだ。なんてずる賢くて身勝手なのかと、マディは内心で憤慨した。

ジャックがマディのほうへ体を傾けて耳打ちした。「心配いらない。こんなのはばかげてる。きみを困らせるのはぼくとしても不本意だし、ほかの席に座るよ。どこかひとつぐらい空いてるだろう」

「それはだめよ」マディは即座に言った。「あなたがそばにいないとテレンスが困るでしょう。介添人は花婿と一緒に乾杯したりゲストの相手をしたりしなきゃ。このままでいいわ。なんとかなる」

「でも、ぼくと並んでいるところを写真に撮られるかもしれない」

「すでに撮られてるわよ。あとは野となれ山となれだわ。もう、いい。こうなったら、二人並んでにこにこ笑っていましょう」

笑っていようという提案にジャックは従った。

マディのほうは、なんて素敵な笑顔なのかとひそかに息をのんだ。そして、そんなふうに感じる自分に困惑した。仕立てのいいスーツに身を包んだ彼は本当に素敵だった。でも人々はちらちら彼を見ては薄ら笑いを浮かべたり、ひそひそと囁きを交わしたりしている。みんなバイオスパークのスキャンダルを忘れていないのだ。

宴が進むにつれ、現実感が薄れていくようにマディには思われた。よく冷えた上等のシャンパンに、美味しそうな前菜。ただ、神経が高ぶりすぎて食欲はなかった。何しろジャック・ダリーがこれほど近くにいるのだ。アフターシェーブローションの香りがわかるぐらい近くに。甘くて温かみのある香り。魅惑的なクローブがわずかに混じった、ウッディでスパイシーな香り。角張った顎のラインもはっきりわかる。鷲鼻気味の鼻梁も。

「シャンパン、おかわりは？」ジャックが言った。

断るだけの冷静さがなかった。マディはグラスを突き出した。

美しい旋律の曲が始まり、テレンスとトリックスがダンスフロアへ出ていった。マディが大好きなムーンキャット・アンド・ザ・キンキーレディーズの曲だった。

トリックスが高慢なしぐさで花嫁介添人たちを手招きした。「ほら、あなたたち！こっちへ来て踊りなさい！これは命令よ。今夜はわたし、花嫁の権力をぞんぶんに使わせてもらうんだから！」

「花婿介添人も！」テレンスが声を張り上げた。「全員、起立！」

トリックスがテレンスの首に腕を回して彼の顔を引き寄せた。熱いキスを交わしながら固く抱き合い、曲に合わせて揺れはじめる。

マディは、テーブルの向こうでデジレと並ぶルイスに、すがるような目を向けた。「ねえ、ルイス……」

言葉は途切れた。ルイスはこちらの呼びかけに耳を貸すことなく、頬を染めくすくす笑うデジレを引っ張ってダンスフロアへ出ていってしまった。「無理よね」と、マディは一人で結論づけた。

ほかの介添人たちもペアになって踊りはじめた。うち二組はすでに婚約している。余っている花婿介添人はいない。

「踊る必要はないよ」ジャックが静かに言った。「足首をひねったふりをすればいい。それとも、ぼくがそうしようか？　ぼくは、どちらでも」

「そんなのだめよ。注目を集めることに変わりないわ。だったら踊ったほうがましかも」

マディは、ぐいとシャンパンを飲み干した。「行きましょう」

「なかなかの飲みっぷりだ」ジャックがつぶやいた。「ほどほどにしておいたほうがいいんじゃないかな」

「余計なお世話。わたしは大人よ」

「そうだね。でも、何も食べていないだろう。それだけ飲むなら少しは何か食べないと、体によくない」

「自分のことは自分でわかります。だいたい、そんなことに気がつくほどじっと見られてたのかと思うと気味が悪いわ」

「すまない」ジャックは言った。「きみを不愉快にさせるつもりはなかったんだ。だけどやっぱり、食べないのはよくないよ」

フロアへ出た二人のかたわらを、踊るルイスとデジレがかすめるように通っていった。キスしたり頬を擦り寄せたり、べったりだ。

マディは鼻を鳴らして非難の意を表明した。「まだ体が縦になってるのが不思議なぐらいだわ」

「真剣な愛を邪魔するのはやめよう」

「真剣な愛なものですか。デジレはヘクターと暮らしてるんだから。今は彼、東南アジアでマイクロプロパゲーションの研究所を新設する仕事をしてるわ。すごくいい人よ。ルイスのほうにはシルヴィアという婚約者がいる。ケンブリッジ郊外のシンクタンクに勤める経済学者。だからあの二人にとって、これは楽しい火遊び以外の何ものでもない」

「なるほど」ジャックがマディをくるりと回した。ドレスの裾が、彼をとらえようとするかのように一瞬ジャックの膝に巻きついて、すぐにほどけた。「鬼のいぬ間に楽しもうというわけか」

「相手を鬼とみなして、それがいないあいだにしか楽しめないような結婚、わたしは絶対にいやだわ。できるだけ他人の批判はしたくないけど、今のわたしはどうしてもしてしまう」

「たいていの人は〝批判しないようにしよう〟なんて思わないものだ。息をするように批判したり責めたりするんだよ――ほとんどの人は」

「さすがによく知ってるわね」考える前に、言葉が口をついて出た。

ジャックの顔を苦悩がよぎるのを見て、マディの良心がちくりと痛んだ。今のは、傷に塩を擦り込むような余計な一言だった。

「ああ」彼は言った。「よく知ってるんだ」

〝だめ。謝ってはだめ〟マディは懸命に自分に言い聞かせた。この人が苦しんでも、それは自業自得なのだから。

二人は黙ってダンスを続けたが、しだいにマディは沈黙に耐えられなくなってきた。シャンパンのせいで自制心が弱まってもいた。「あの人たち、いやな感じ」

「誰のこと？」

ジャックがマディの体をくるりと回して腕の中で仰向けに倒すと、思うさま頭をのけぞらせてセクシーなポーズを取った。かまうものか、と考える。わたしはダンスが大好きで、彼はこんなに上手なのだから。

「デジレとルイスよ」抱き起こすようにされながら体を立てると、マディは言った。「理由はなんとなくわかってるの。わたし、嫉妬してるのよ。おかしな話だけど」

ジャックは眉をひそめてマディを回転させた。「何を嫉妬することがある？　あの二人のあいだには本物の何かなんてないんだろう？」

「好きにふるまえる人が羨ましいの。彼らは欲しいものがあればためらわず手を伸ばす。罪の意識も何もなく。それがわたしにはできない。祖母とバートラムおじいさまにたたき込まれたから、わたしたちきょうだいは並はずれた義務感と責任感を持ってしまった。ところが、ふとまわりを見渡せば、誰もそんなもの持ってやしない。みんな好き勝手なことをして、あとは知らんぷり。まわりが困ろうが苦しもうが、おかまいなし」

マディは顔を赤らめた。しまった。またやってしまった。余計なことをべらべらしゃべるにもほどがある。「もう、わたしったら」思わずつぶやきが漏れた。

けれど、ジャックが気を悪くした様子はなかった。彼はただ首を振って、こう言った。「違うんだ、マディ」耳に優しく響く声だった。「あれをやったのは、ぼくじゃない」

ああ、わたしがこれを言わせたのだ、とマディは思った。言い訳するチャンスが降ってくれば、口のうまい悪党は飛びつくに決まっている。ばかな酔っ払いになったわたしは、こう口走ったも同然だった。

〝ねえ、お願い、違うと言って。あなたがあのひどい行いをしたのは間違いないとされているけれど、本当は違うと。だってわたしは、あれが事実であってほしくないから〝わたしに嘘をついて。そしてそれを信じさせて〟

曲が終わるとマディは彼の手から逃れて体を離した。次の曲が始まり、大勢の人がダンスフロアへ出てきた。

マディは椅子の背をつかんで支えにしながらテーブルのあいだを進んだ。途中、籠からロールパンをひとつ取ってかじる。食べなければだめだと言ったジャックは正しかった。それを自分が認めたくなかっただけだ。

「マディ、お久しぶりね！」

声がしたほうを向くと、ジョアンナ・ホリスがぐんぐん迫ってくるところだった。アストン・ホリスの祖母にしてホリス家の家長。ばばさまの長年の友人でありライバルでもある。

「会いたかったわ、マディ！」歌うように彼女は言った。「そのドレス、とっても似合っているわよ。介添人の中でも、あなたがずば抜けてきれい。たいていは介添人のドレスなんて着たら珍妙に見えるものだけれど、あなたはなんて可愛らしいのかしら。それはもう、食べちゃいたいぐらい」

食べちゃいたい？　マディは自分がネズミにでもなった気がした。捕まったばかりの、ネコの口からぶらさがっているネズミに。「お久しぶりです、ミセス・ホリス。ごめんなさい、ちょっとわたし――」

「またジャック・ダリーと踊るつもり?」ジョアンナはチッチッと舌を鳴らした。「それはどうかしら、ハニー。お勧めできないわ」

「彼、テレンスの介添人なんです、ミセス・ホリス」マディは努めて淡々と言った。「ですから、避けるわけにはいきません。そんなことをしたら披露宴の雰囲気を壊してしまいますもの」

「あなたたちのダンス、見ていましたよ」ジョアンナ・ホリスが教師のような口調で言った。「ずいぶん親しげに話し込んでいたわね。あんな悪人相手に何を話すのか、わたしには想像もつかないわ。このことをあなたのおばあさまが知ったら、なんとおっしゃるかしらねえ」

「それはじきにわかるかと思います」

「わたしもそう思うわ!」老婦人はマディの頬を軽くつねった。「わたしの可愛いアストンにチャンスをやってちょうだいな。あの子がわたしのいちばんお気に入りの孫なのは、あなたも知っているでしょう? 贔屓(ひいき)しちゃいけないのはわかっているわ。だけどね、あの子はあんなに賢くて働き者なのだもの」

「ミセス・ホリス、本当にわたし、もう失礼しないといけなくて。ごめんなさい――」

「二カ月しかないのよね？　わたしが力になれば間に合うわ。エレインの求めにこたえられるわよ。アストン以上の相手はいないと思うけれど。ジャック・ダリーには近づかないで。彼と関われば、あなたの名に傷がつくわ。アストンのお嫁さんには清廉潔白であってほしいのよ」

「失礼しますね、ミセス・ホリス」マディはもう一度言いながら、ツツジの茂みのほうへ後ずさった。

シダや野の花を両側に見ながら板張りの遊歩道をたどると、ホテル本館の裏のテラスに出た。

眼下にビーチが一望できるテラスに、ジャックがいた。柵に寄りかかって海を見ている。一人きりで。

イブニングバッグの中でスマートフォンが鳴りだした。引っ張り出して確認すると、家族からのメールが山ほど届いていた。

ケイレブ：披露宴でジャック・ダリーとペアになったたって？　いったいどういうことなんだ？

ティルダ：連絡ください。こちらは大変な騒ぎになっています。
マーカス：悪い冗談はやめてほしいな。正気？
ばばさま：大至急、電話をちょうだい。

画面を凝視していると着信音が鳴りだした。祖母からだ。

マディはしばらくスマートフォンを見つめつづけた。それからゆっくりと通話拒否ボタンを押し、電源も切った。

スワロフスキークリスタルが煌（きら）めくペールグリーンのイブニングバッグを開いてスマートフォンをしまうと、マディは大股にテラスを歩いてジャックに近づいていった。

気配を察知したジャックが振り返った。警戒するような目で〝やあ〟と言う。

「とても危険なことをしたいと思っているの」いきなりマディはそう言った。「突拍子もないことだし、間違っているし、たぶん、ろくな結果にならないでしょう。でも、やりたいの。そして、それにはあなたの助けが必要」

ジャックは胸の前で腕組みをした。「いったいなんだろう」

「わたしと結婚の約束をしているふりをして」

少しのあいだ、ジャックはまったくの無表情だった。やがて彼は言った。「何かおふざけでもするつもりかな」

「いいえ、おふざけなんかじゃないわ。あなただって言っていたでしょう。祖母が折れるような思い切った方法をとればいいって。憎まれるに決まってる相手を紹介すれば……って。あなたが言ったように、祖母にがつんとショックを与えるのよ」

「つまりぼくは最終兵器というわけか」

「そういうこと。祖母はさぞかし戦（おのの）くでしょうね。折れるかどうかは別にしても、わたしとしてはそれだけでも溜飲（りゅういん）が下がるわ」

「でも、エレインにショックを与えるだけでは済まないだろう」ジャックは言った。「ケイレブを傷つけることにもなる」

ほんの少し胸が痛んだ。「巻き添え被害は避けられないでしょうね。大丈夫、ケイレブなら耐えてくれるわ」

沈黙が流れた。突然マディは気づいてしまった。ジャックの無表情の裏にある深い懊悩（おうのう）に。すると、自分が気まぐれにひどく残酷なことを言ってしまった気がして、いたたまれなくなった。

「いいの、忘れて」急いで言った。「ごめんなさい。とんでもない思いつきだったわ。気にしないで」

「きみの家族にますます憎まれる役回りだ」ジャックは静かに言った。「わくわくするとは言いがたい」

マディは一歩後ろへ下がった。「わかってる。あなたはつらいわよね。だから、わたしがおかしなお願いをしたことはもう忘れて」

「やるよ」彼は、はっきりとそう言った。

マディは驚いた。「え……本当に？　でも、あなたは――」

「ただし、ひとつ条件がある」

「あ、ああ……そうなの？」用心しつつ尋ねた。「どんな条件？」

「やるからには全力でやる。最悪の婚約者を演じるよ。こんな男を選んだなんて、きみの人生最大の過ちだとみんなに思わせる。きみの親族全員を失望のどん底にたたき落とそう」

「条件というのは？」マディは語気を強めて繰り返した。

「きみはフォレンジック会計のエキスパートだと言っていたね？」

「ええ。それがどう関係してくるの？」

「バイオスパークが破綻したときのデータをきみに調べてもらいたいんだ」ジャックは言った。「誰がぼくを陥れたのか、突き止めるために力を貸してほしい」

4

マディのぽかんとした顔を見れば、彼女にとってまったく予想外の答えだったのは明らかだ。

「どうした？」ジャックは言った。「なぜ、そんな顔をする？　フェアな取り引きだと思うんだが」

「意味がわからないわ。ふざけてる暇はないのよ、ジャック」

「ふざけてなどいない。九年前に本当は何が起きたのか、誰にもわからないんだ。ぼくにもわからない。どれだけ調べてもわからなかった。だからきみの力を借りたい」

生き生きと輝いていたマディの瞳から光が消えていく。彼女は曖昧な表情を浮かべている。疑っている。怯えてさえいる。彼女が遠ざかろうとしている。失いたくない、とジャックは思った。

「それに見合うだけの働きはするつもりだ」ジャックは急いで言った。「不愉快きわまりない男になる。財産だけが狙いの、陰険な女たらしに。エレイン・モスが最も忌み嫌う類の男だ」

マディが声をたてて笑ったのでジャックはほっとした。

「ほどほどにしてね。やりすぎると嘘っぽくなるわ」

「ぼくなんだから、みんな信じるさ」

マディの笑みが小さくなって消えてしまった。くそっ。自分と彼女のあいだには小さなタブーがいくつも潜んでいる。地雷がそここに埋まっていて、思いもよらないときに爆発する。おかげで事態はややこしくなる。

「調べてもらえるかい？　ぼくに都合のいい結論を導きだしてくれと頼んでいるわけじゃない。全然違う。とにかく、膨大なデータを見てほしい。ぼくはただ、真相を知りたいだけなんだ」

「ジャック、それを依頼する相手として、わたしほど不適格な人間はいないわ。利害の衝突、個人的な先入観――そうしたものがきっとわたしの目を曇らせる。中立的な立場の人に頼まなきゃ。あの一件に無関係な人に」

「何年にもわたって何人も雇った。だが誰も役に立たなかった」

「だったら、わたしだって何も見つけられないと思わない？」

「彼らにはきみみたいな卓越した能力がなかった」あっさりとジャックは言った。「きみはモスの人間だ。科学者としての素地が普通とは違う」

「科学者としての素地がしっかりしていて、なおかつ個人的な関わりのない人が、きっとどこかに――」

「これが条件だ。きみが調査してくれるなら、ぼくは漫画に出てくるような悪党になり切ってみせる」

マディは不意に笑い声をたてた。「うまい考えだと思ったんでしょう。だけどね、ひとつ忘れてるわよ。小さいけれど大事なポイント。万が一、わたしが調べた結果あなたの無実が証明されたとしたら、その瞬間にあなたは最終兵器としての効力を失うのよ。わたしにとってあなたの何が役立つかと言えば、卑劣な悪党としての実績なんだから。まさに利益相反そのもの」

ジャックは、ヒューと小さく口笛を吹いた。「ずいぶん冷たいんだな、マディ」

「否定はしないわ。謝りもしない。今日からわたし、自分のことを第一に考えることに決めたの。わたしの人生だもの。そんな記念すべき日にわたしと出会えてラッキーだったわね」

ジャックは少し考えた。「じゃあ、両方のプロジェクトを同時進行させよう。ぼくがきみの家族を怒らせ呆れさせるよう努める一方で、きみはバイオスパーク関連のデータを分析する。もしぼくに有利な何かが見つかっても、エレインがきみの結婚話をあきらめるまでは伏せておく。いずれにしてもエレインが考えを変えずにいるあいだは、データ分析を続けてもらえるだろうか？」

「もちろんよ。フェアな取り引きだわ。どこかでゆっくり話し合わないといけないわね、いろいろなことを」

「いろいろなこと？」

マディは肩をすくめた。「大まかなルールとか、スケジュールとか」

「わかった。明日の朝、カラザーズ・コーヴの〈シーガルズ・ルースト〉で朝食をとりながら話そう。九時でいいかな？」

「いいわ」

高齢女性の震えを帯びた声が聞こえてきた。若い男性がそれに答えている。ツツジの陰から、アストンの腕を杖(つえ)代わりにしたジョアンナ・ホリスが姿を現した。マディがいるのを見て目を輝かせると、孫を引っ張るようにして近づいてくる。

反対側からは、ゲイブ・モアヘッドがやってきた。奇跡的に腹部は隠れている。タキシードを着て、左右の手にシャンパンのグラスをひとつずつ持っている。その足取りが速くなった。アストンより先にマディのもとへ行き着こうとしているのは明白だった。

「ハゲタカが旋回してるわ」マディは囁いた。「助けて、神さま」

「助けることならぼくにもできる」ジャックが言った。「きみが本当にそれを望んでいるなら」

「どういう意味？」

「今回の計画、進めていいんだね？」

「もちろんよ。言いだしたのはわたしじゃない――え！」ジャックに引き寄せられて、マディは身をこわばらせた。「ちょっと、何するつもり？」

「ハゲタカどもを追っ払うんだ」ジャックは言い、唇を重ねた。

息もできない数秒間が過ぎ、気がつくとマディはこれまで感じたことのない感覚に浸っていた。ジャックの熱い唇が、探るように、誘うように、説き伏せるようにうごめいている。それは得も言われぬ心地よさだった。

何もかもがどうでもよくなり、すべて頭から消えた。

マディはジャックの口づけに酔いしれた。舌で舌をすくわれ弾かれると、膝がくずおれそうになった。どうしようもない欲望に全身がわななく。

昔、兄が彼を連れてきて家に泊めるときなど、マディはジャックとのキスを幾度も想像したものだった。ばばさまもバートラムおじいさまもジャックをとても気に入っていたから、いつだって彼はモス家に大歓迎されたのだ。家族みんな、ジャック・ダリーのことが大好きだった。

でも、あの頃夢想したキスを全部合わせたって、現実のこれには遠く及ばない。

頭の隅に、見物人の存在がうっすらとある。マディ自身の理性の声が遠くで何か叫んでいる。けれど、ジャックの味、匂い、熱、確かな存在感から、意識を引き剥がすことができない。腰に力強い両腕が回され、こちらの腕は彼の首を抱いている。もうそれしかわからない。

キスはますます激しくなった。体が勝手に反応して、マディの秘密を暴露する。長いこと閉じ込めてあった気持ちが解き放たれてしまう。このキス、この人、この瞬間。請い願うような、何かを奪おうとするような、彼の唇――それがすべて。ジャックの手にマディの髪が絡まり、舌と舌が踊り吸い合う。つるつる滑るタキシードをつかもうと、マディの指に力がこもった。お腹に彼の高まりを感じるほどに、もっともっと近づきたいと思う。自分自身を彼に結びつけたい。結び目をうんと固くして。

やがて、少しずつ耳に届きはじめた。忍び笑い。ゆっくりとした拍手。笑いを含んだつぶやき。

ゆるゆると現実が戻ってきた。そして、事の重大さにマディは気づいた。

ジャックが頭をもたげた。顔が紅潮し、目はぼんやりしている。「信じられない」と、彼は囁いた。

マディは喘（あえ）ぐようにして息を継いだ。「いったい何が起きたの？」

「ちょっとした芝居のつもりだったんだが……なんというか……ぼくの手に負えなくなった」

「観客がいたわ」

「それが発端だっただろう？　おそらく写真を撮られてる。こういう場面に遭遇したらすぐにスマートフォンを構えるやつらがいるんだ。きみが腹をくくっていることを願うよ」

「わたしなら大丈夫」マディは言ったが、その声は震えていた。

二人は、じっと見つめ合った。顔と顔の隔たりはわずか数センチ。

なんてセクシーな唇なんだろうとマディは思った。非の打ちどころのない形をした口。絶妙な厚さの下唇。そして、この瞳。濃い焦げ茶色の瞳が、射るようにわたしを見つめている。

〝芝居よ。これは芝居なのよ、マディ・モス。それを忘れてはだめ〟

「ジャック」マディは囁いた。「今みたいなことを……提案した覚えはないけれど。わかってるでしょう？」

「もちろん、わかってる」ジャックは即座に答えた。「ただ、より信憑性を持たせようと思ったんだ」

「そう。確かに真に迫っていたわね。あなた、役になり切っていた。見事な演技だったわよ」

離れないと。今すぐに。そう思うのに、足が言うことを聞かない。体の奥深いところに磁力が生まれて、ジャックにくっつけようとしているかのようだ。その力は、自分では制御できない。

「あの……そろそろ部屋へ戻らないと」また声が震えた。

「キャビンまで送ろう。じきにきみの周辺は大騒ぎになる。エレインは、今夜は眠れないかもしれない」ジャックは言葉を切った。「ケイレブも」

「兄は大丈夫よ。ティルダとアニカが慰めてくれるわ」

「そうだったな。行こうか」

ところどころで枝分かれしながら延びる遊歩道を、二人は黙って歩いた。木々を彩るイルミネーションがほのかに足もとを照らしている。数人とすれ違ったがマディは目を合わさず、彼らの忍び笑いや囁きにも気づかないふりをした。

メインの木道からそれて小道へ入った。この突き当たりにマディの滞在するキャビンがある。「ルパン・ロッジよ」彼女はイブニングバッグからカードキーを取り出した。「まだこっちを見てる人たちがいる」ジャックが言った。「中まで入らせてくれないか。最後の仕上げだ。きみに手を触れたりは決してしない。約束する。信じてくれていい」

マディはジャックを見上げた。この人を本当に信じられたら……。信じたい、と強く思っている自分が怖かった。

彼はいかにも信頼できそうに見える。誠実で、情熱的だ。それはマディが何より欲している要素だった。相手に心から求められたい。強く望まれたい。そしてこちらも、心からその人を愛したい。

あきらめたくない。強制されて妥協するのは、いや。思いがけずジャックとこんなひとときを過ごしたおかげで、マディは思い出した。祖母のばかげた命令に従えば、自分が何を失うことになるのか。

深い愛。激しい愛。本物の愛。魔法みたいな愛。マディが欲しいのはそれだった。

いいえ、違う。欲しいのは、彼。わたしはジャック・ダリーを求めているのだ。

ああ、なんということだろう。わたしは窮地に陥ってしまった。

マディが手招きをし、ジャックがキャビンに足を踏み入れた。ドアを閉めたマディは入り口に面した窓にブラインドを下ろし、ベッド脇の壁のランプを灯した。柔らかな薔薇色の光が広がる。もっと明るい照明器具もあるのだが、そこここに落ちる影が今夜は心地よかった。

「テラスでのこと、気を悪くしたのなら、すまなかった。ブルースと同類だと思われてもしかたない。ひっぱたかれても、グラスの酒をかけられても、文句は言えなかった」

マディは首を振った。「そんなことない。ブルースとは全然違ったし。彼はもっとキスの練習をしないとだめね。といっても、練習台はわたしじゃないわよ」

「それはつまり、ぼくのキスはそこまでひどくなかったということかな？」

「ええ」マディは小さな声で答えた。「真に迫っていたわ」

短くぎこちない間があった。

「そろそろ行くよ。野次馬も飽きる頃だろう。また、明日。レストランで」

「また明日」マディも同じ言葉を返した。

けれど二人の視線は絡み合ったままだった。ジャックはドアのそばでぐずぐずしている。

「すまない。どうも立ち去りがたくて。そのドレスを着たきみがあまりにきれいだから」

「これ？　この介添人のドレス？」マディは声を出して笑った。「やめてよ。ひらひらしすぎでしょう？　それにわたし、ブルーグリーンは似合わないのよ。でも、嬉しい。ありがとう」

「すごく素敵だよ。何を着てもきみは素敵だ」

マディは呆れたように目玉をくるりと回したあと、にっこり笑って言った。「褒め上手なのね」

ジャックはごくりと何かを飲み下すようなそぶりを見せ、目をそらした。「それじゃ、おやすみ」

動くつもりがあったのかどうか、自分でもわからない。気づくとマディはドアに飛びつき、ノブを手で押さえて口走っていた。「まだ行かないで」

ジャックが訝しげに目を細めた。「もう誰も見ていないよ、マディ」

そんなことはわかっている。わたしのために、いてほしいのだ。「ひとつ約束してもらえるかしら、ジャック」

「守れない約束はしないんだ」ジャックはゆっくりと言った。「どんな約束？」

「もしまたわたしがキスを求めるようなことがあっても、一度きりのキスでやめてもらえる？」

ジャックの喉が動いた。「ああ、たぶん。寿命が何年か縮まりそうだが……できなくはないと思う」

「あなたとセックスするつもりはないの。そこまではできない。それはやりすぎだと思うから」

「わかるよ」ジャックが早口になった。「それはまずい。それはだめだ」

「だけど、今夜のわたしはわがままなの。危ないことをしたい気分なの。そしてさっきのキスがとても気に入ったの。もう一度、あの感じを味わいたいのよ」

「それはひどく危ない発言だな、マディ」

「わかってるわ。いいから、イエスかノーかだけ答えて。わたしがストップと言ったら、そこでやめられる？」

「同じ質問を自分にもするべきだ。すべてをぼくに負わせないでほしいな。キスするのはぼく一人じゃないんだから」

マディは、ゆるりと彼に向かって歩を進めた。「今夜は自己分析をする気になれないわ。わたしにキスをする？　それとも、さっさとここから出ていく？」

ジャックは喉の奥からかすれた呻きを漏らすと、マディを抱きすくめた。

さっきと同じだった。でも、それよりずっと激しかった。鍵のかかった室内に二人きりとあって、激しさも深さも段違いだった。ベッドが二人を呼んでいた。じりじりとそこへ近づくあいだも、互いをむさぼるようなキスは途切れなかった。

ジャックが後ろ向きにベッドにぶつかり、マディがその体を軽く押した。ベッドの足もとに腰かける格好になった彼は、息を荒くしながらマディを見上げた。

マディは靴を脱ぎ捨てジャックにまたがると、ブルーグリーンのドレスの裾をたくし上げ、ズボンの前の膨らみが望みの場所に来るよう体勢を整えた。そうして彼の首に腕を回し、自身を彼に打ちつけた。彼にしかできないとろけるようなキスに、われを忘れて。

ドレスのストラップが落ち、レース地のブラジャーが覗いた。ジャックはそれを下へずらすと、あらわになった両の乳房を手で包み込んだ。

マディは背中をのけぞらせた。焼けつくような視線をぞんぶんに注いでほしかった。彼に見られるだけで、触れられるのと同じぐらい興奮した。ジャックの唇が胸を這い、頂が熱い口に含まれる。快感が電流のように駆け抜けてマディは身を震わせた。

「ああ、マディ」彼が囁いた。「なんてきれいなんだ」

マディは声も出せずにいた。彼の頭を抱えて、言葉にならない喘ぎを漏らすばかりだった。優しい舌が先端を転がし――深く吸い――

〝この人はジャック・ダリーよ。もう、やめないと。自分が傷つく前に〟

それにこたえてマディの内側から湧き上がる声は短く、力強かった。

〝やめないわ〟

ドレスの裾をくぐった手が脚の付け根に達したとき、マディは自身が光を放ちはじめたような気がした。敏感な突起を撫でさすられて身をよじる。手は下着の中へ入り、柔らかな茂みとなめらかな襞を探索しはじめた。さらには、襞のあわいの熱い部分を。巧みで……絶妙な愛撫だ。ああ、なんて気持ちいいんだろう……。

やがて、とてつもない快感がマディを貫いた。驚くほど深い、気を失いそうになるほどの快感だった。

マディはがくりと脱力し、彼の肩に頭を預けた。呆然としていた。そして、気恥ずかしかった。

ジャックはマディの首筋に鼻を擦り寄せた。手はまだドレスの下にあり、肌を撫でつづけている。

「なめらかな肌だ」彼が囁いた。「きみが達した瞬間、指がきつく締めつけられた。あの感覚はたまらなかった。きみは最高だよ」

マディはぎこちない笑い声をたてた。「とんでもない」

彼の固いものの上でマディが身じろぎすると、ジャックは呻くように言った。「マディ、ぼくはもう限界だ。これ以上進めば約束を守れなくなる。セックスをしたくないのなら、追い払ってくれ」

それは至難の業だった。それでもマディはのろのろと体を起こし、彼から離れた。顔の熱さを自覚しながらブラジャーをつけ直し、ドレスのストラップをもとに戻した。オーガズムの余韻のおかげで脚に力が入らない。膝も足首もガクガクする。

「ごめんなさい。いいように使われたと思ってるんじゃない?」

「思っていないよ。気にすることはない。ぼくにとっても至高の体験だった。きっと忘れない」ジャックはドアへ向かってゆっくりと後ずさった。「明日の朝食を一緒にとる話は、そのままでいいのかな?」

「どうしてそんなこと訊くの?」

ジャックはドアを押し開けた。「いや、さっきのことで怖じ気づいたんじゃないかと思ったから。でもどうやらきみは、そんなやわな人じゃないようだ」

「今はわたし、兄たちの人生を損なうことなく自分を解放するという使命に燃えてるの。セクシュアルな面で少々の葛藤を強いられても、どうってことないわ」

ジャックはドアの外で立ち止まると、うっすら笑みを浮かべた。「少々?」

マディも笑った。「はいはい、多大なる葛藤ね」

「やっぱり。おやすみ、マディ」ドアが閉まった。

マディは床に座り込んだ。心臓が激しく打っている。

なんということをしてしまったのだろう。愚かにもほどがある。自分の手には負えない、大きくて凶暴な生きものを解き放ってしまったのだ。でもわたしは、それを呼び戻そうとは思っていない。つゆほども思っていない。

それでなくても問題が山積みだというのに。

5

　ジャックはキャビンの窓辺にたたずみ、マドロナの木立のあいだに見え隠れする海を眺めていた。夜明けの清らかな光の中で思い返すと、昨夜マディと交わした契約がますます愚かで自滅的に思えてくる。

　眠れなかったのはヨハネスブルクからの旅による時差ぼけのせいもあったが、欲求不満によるところが大きかった。目を開けていようが閉じていようが、見えるのはマディ・モスだけだった。ジャックにまたがり、キスをするマディ。密(ひそ)やかな熱い肉をまさぐられるマディ。

　悦(よろこ)びに喘ぎ、やがてこの腕の中で果てたマディ。

　まただ。こうして、同じ回想をしておのれを固くするのは何度めだろう。文字どおり手を貸しても、この高まりは静まることがない。昨夜シャワーを浴びたときも、今朝もう一度試したときも。何をしても無駄な努力だった。

フロントで呼んでもらったタクシーに乗って、ジャックはカラザーズ・コーヴのレストランへ向かった。約束の時間までは余裕があった。シーガルズ・ルーストは混み合っていたが、海を望む窓際の席が確保できた。マディが来るまでに、冷静な表情を保つ練習をしておかなくては。

実のところ、ジャックは途方に暮れていた。自分の感情をどう処理していいのかわからなかった。ガブリエラであれ、それ以前の相手であれ、交際相手とのあいだでこんな問題が生じたことはなかった。失望、嘆き、やり場のない怒り……そういう感情ならおなじみだ。感じない日はないぐらいだ。

しかし、狂おしいほどの情欲……これにはまったく縁がなかった。

強く何かを感じたり欲したりすること自体、久しくなかった。バイオスパークの一件以来、感情や欲望は深いところに埋める努力を続けてきた。生きていくにはそうするしかなかったのだ。

ところが、あれだけの努力があっという間に水泡に帰した。

「おはよう」

柔らかな声に振り向いたとたん、ジャックの心臓がどくんと跳ねた。

胸にカラフルなドラゴンが大きくプリントされたシルバーグレーのスウェットシャツ。

きれいな脚のラインにフィットしたブルージーンズ。どちらも着込まれてくったりしているのに、マディのたたずまいは溌剌として爽やかだった。髪は高いところでひとつにまとめ、その大きなお団子には、いざというときは武器にもなりそうなヘアスティックが刺さっている。

にっこり笑いながらも、マディは腰を下ろそうとはしなかった。

「おはよう。怖じ気づいたんじゃないのか？」

「そっちこそ」

「ぼくは平気だよ。失うものがあるとすればきみのほうだ。傷つけるんじゃないか、疎遠になるんじゃないかと心配しないといけない家族がぼくにはないし、自分自身、これ以上評判を悪くしようがない。怖いものなど何もない」

「なるほどね」マディは向かい側の席にするりと腰を下ろした。

「でも、やっぱりやめるときみが言いだしたとしても、じゅうぶん理解できる。ただそうなると、昨夜のテラスでのキスについて周囲にどう釈明するかが問題になってくるかもしれない。まあ、そのときはぼくのせいにすればいい。ぼくはいつだって悪者になるよ。慣れているから」

マディはきちんと両手を組み合わせた。「勇敢な申し出はありがたいけれど、自分が蒔いた種は自分で刈り取るわ。どうもありがとう」

「コーヒー、いかがですか？」ポットを持った白髪のウェイトレスがやってきた。

「お願いします」マディが答える。

ウェイトレスはマディのカップを満たし、ジャックのコーヒーも注ぎ足すと、メニューを二人分置いてその場を離れた。本日のお薦めなどに目を通しつつ、どちらもこっそり相手の様子をうかがっていた。

「どんなふうに始める？」ジャックが口火を切った。「それに、始める場所は？　きみの今の住まいはシアトル？」

「ええ。だけどすぐには帰りたくないわ。家族全員がいっせいに詰め寄ってくるに決まってるもの。作戦に集中できなくなってしまう」

「しかし仕事があるだろう。モステックで働いてるんじゃないのか？」

「まだ入社はしていない。ケイレブはわたしを正式に最高財務責任者(CFO)にしたがっていたけど、このばかげた結婚命令のことを考えたら、すぐに要請にこたえても無意味だと思ったの。だって、もしわたしが二カ月のあいだに結婚しなければ、三人ともジェロームに解雇されるのよ。入社するだけ無駄じゃない？」

「確かに。じゃあ、今は仕事は？」

「ぶらぶらしてるわけじゃないわよ。フォレンジックコンサルタントの仕事を増やすチャンスと受け止めて、楽しく忙しく働いてるわ」

「ゲイブから聞いたよ。ダレルとフレデリックの会社できみが大活躍した話」

マディの眉毛が持ち上がった。「ほんとに？　ダレルとフレデリックのところでわたしが何をしたか、ゲイブが多少なりとも理解できたとは驚きだわ」

「ひどい言いようだ。求婚者たちにずいぶん冷たいね」

「半裸のお調子者に対してだけよ。ゲイブ・モアヘッドなんて論外。たとえシャツのボタンが留まっていてもね。あなたは？　今は何をしているの？」

「ヨハネスブルクでバイオリサイクルの研究開発チームを手伝っている。再来週、大事な商談の予定が入ってるんだが、それがうまくいけば、大手製造業者と提携できるはずなんだ」

マディは目を丸くした。「すごいじゃない」

「びっくりしてるね」

「だって――」

「ぼくがまた自分の分野で働ける日が来るとは思わなかったから？　確かに、簡単じゃなかった」

ウェイトレスが注文を取りに来た。厄介な問答が打ち切られたのでジャックはほっとした。彼はシーフードオムレツのフライドポテト添えを、マディはフレンチトーストとベーコンを注文した。

「作戦会議の続きだけど」ウェイトレスが立ち去ると、マディがきびきびと言った。「そういうわけでわたしは今、決まった仕事はしていなくて、来週のエヴァ・マドックスの結婚式までは何も予定がないの。だから今週中にお互いのプロジェクトに着手できれば好都合なんだけど」

「エヴァ・マドックスが結婚？　へえ、相手の男は果報者だな」

「ええ、エヴァは本当に素敵な女性よね」マディもうなずいた。「お相手は〈マドックス・ヒル〉のセキュリティ部門最高責任者、ザック・オースティンよ。心から愛し合ってる二人なの。で、招待状にはカップルでどうぞとあるわ。だから、わたしの婚約者として一緒に行かない？　祖母の度肝を抜くのよ」

その状況を想像するとジャックは気が重くなった。「ケイレブとマーカスも出席するのかな」

「ううん、しないわ」励ますようにマディは言った。「マーカスは東南アジアにいるし、ケイレブとティルダはスペインでハネムーン中。あと十日は戻らない。祖母は招待はされてるけど、出席しないかもしれない。最近、あの手のイベントは疲れるみたい。それに、両親の留守中ずっとアニカを預かってるから。二人で毎日、それは楽しく過ごしてるみたいよ」

「結婚式のことは考えておく。まだシアトルへ戻りたくないなら、ぼくと一緒にオリンピック半島へ行くかい？　クリーランドに近い森の中の一軒家を借りるんだ。谷を見下ろすロケーションで、滝や渓流に囲まれている。家族に煩わされずにきみが作業するにはうってつけかもしれない。これからレンタカーを調達するから、クリーランドまできみは後ろをついてくればいい」

「それなら、わたしの車で行きましょうよ。あなたは向こうに着いてから車を借りればいいわ。途中、大きめの文具店に寄って必要なものを買わなきゃ。ホワイトボードとかマーカーとか、わたしが契約を履行するのに必要なものを。同時に、熱々カップルとして甘い生活を送っているふうを装ってSNSに投稿する。ピカピカの大きな指輪を買って、大はしゃぎして――」

「まず、ぼくが指輪を買うんだな」

「いいえ」きっぱりとマディが言った。「指輪は芝居の小道具で、プロデューサーはわたしよ。だから費用はわたしが持つわ」

「そうか、わかった。きみに任せる」

「ただ、わたしの滞在場所として、人里離れた森の一軒家が本当にいいのかどうか……」

「それなら大丈夫だ」ジャックは即座に言った。「町中にいいB&Bがある。森の家から三キロちょっとだし、経営者は、その家をぼくに貸してくれる女性なんだ。とにかくきみには、快適な環境で落ち着いて作業をしてもらいたい」

マディが、すっと視線をそらした。「あの、それなんだけど。このことは、どうしても話し合っておかないといけないと思うの……わたしたちのあいだのこと」

「性的欲求について？」

「まあ、そうね。ほかに適切な言葉が見つからないから、そう言われてもしかたないわ」

「これ以上適切な言葉はない」ジャックは、はっきりと言った。「文字どおり、それなんだから」

「わかったわよ。呼び方なんてどうでもいい」マディは何かを手で払うようなしぐさをした。「でも、それに屈したらおしまいなの。計画は頓挫する。理由はたくさんあるけど、それをここでリストアップする必要はないわよね。とにかく、わたしたちはそういう関係にはならない。絶対に。いい？」

「了解」

「今のまま――これからも今のままの関係でいるのよ。つまり、こういうこと。ほら、今、わたしたちは普通に向かい合って食事をしている。今それができるなら、これからだってできる。そうでしょう？」

「きみを口説いたりはしない」ジャックは請け合った。「愛し合う二人の芝居をする必要があるとき以外は。昨夜みたいに」

「それでいいわ」マディはふっくらとした下唇を噛んだ。「そうよね、それでいいのよ。なんだか……面白そうじゃない？」

「ほかに適切な言葉がないな」

二人一緒に、くすりと笑った。

マディがフレンチトーストを一口頬ばった。「きっとうまくいくと思うわ」自分自身に言い聞かせるようにつぶやく。「ただし、ルールははっきりさせておかないと。たとえば契約期間だけど、必要じゃなくなるまであなたは芝居を続けてくれるのね？　わたしの三十歳の誕生日までか、祖母の気が変わるまでか、どちらか早いほうということになるわけだけど」

「もちろんだ。そのあいだきみは、偏見抜きでぼくのデータをとことん調べ尽くす」

「大発見をするという保証はないわよ」警告する口調でマディは言った。「正直なところ、見込みは薄いと思うの。でも約束するわ。全力でやってみる」

「ありがとう。それでじゅうぶんだ」

「結果に期待はしないで」マディはまた念を押した。

「それはお互いさまだ。エレインがどんな人か、ぼくだって知っている」

「そうね、どっちも望み薄かもしれない。なのにどうしてやろうとしてるのかしらね、わたしたち」

「どうしてだろうね」ジャックはおうむ返しに言った。「とにかく、やってみようじゃないか」

「ええ、やってみましょう」マディはうなずいた。「もう一度言うけど、ルールを忘れないで。キスはなしよ」

ジャックは笑った。「それはちょっと不自然じゃないかな。ぼくたちはスキャンダラスな恋人同士なんだろう?」

「まあね。じゃあ、わたしがいいと言ったときはキスしてオーケーよ」

「ああ、昨夜、きみの部屋でそうだったようにね」

マディの顔が真っ赤になった。「あれとは違うわ。あんなばかげた事態は二度と起こりませんから」彼女は、つんと澄まして言った。「軽い、抑えたキスだけよ。舌を入れたり手であちこちまさぐったりは、なし」

ひとりでにジャックの頬が緩んだ。「了解。命じられたときだけ、軽くキスするよ。固く唇を閉じたまま、お行儀よく」

「茶化さないで。本当に慎重にやらないといけないんだから。始まったら途中でやめるのは難しい。だから、やめるとしたら今しかないわよ」

「それはそうだな」ジャックはうなずいた。「いい子にしていよう」

双方が吹きだして、張り詰めていた空気がほぐれた。料理を平らげ、支払いを済ませながら、ジャックは自分が楽しんでいることに気づいた。それが危険な兆候だということにも。

店を出た二人は、観光地として名高いカラザーズ・コーヴの町を歩いて、マディが車をとめてある駐車場を目指した。

「このままクリーランドへ向かう?」マディが訊いた。

「まだホテルに荷物を置いてあるんだ。チェックアウトは済ませたんだが、荷物は預けてタクシーでここまで来た」

「だったらホテルに寄るわ。荷物をピックアップして出発しましょう」

ホテルのエントランスに到着すると、ロビーにブルース、ゲイブ、アストンの三人がいて、マディのミニクーパーからジャックが降り立つのを見ていた。

フロントに歩み寄って荷物を受け取る彼を、三人はぽかんと口を開けて眺めている。

「てことは、本当だったのか？」ブルースがジャックに向かってゆっくりと言った。

「なんの話だろう」

「だめな男を好む女がいるってのは知ってたけど、まさかマディがそこまで落ちぶれたとは。どうやらマディ・モスは、ぼくが思ってた以上にあばずれだったみたいだな。ちぇっ、なんて女だ」

ジャックはとっさに、ブルースの顔面に拳を打ち込むことのメリットとデメリットを秤(はかり)にかけた。結論を出すのも早かった。そんなことをしても、目的達成の役には立たないのだ。

〝落ち着け……冷静でいろ……抑えるんだ〟心の中で自分に言い聞かせる。「ぼくの前から消えてくれ、ブルース」

「おはよう、みんな！」明るいマディの声が響いた。「素敵な朝じゃない？　ジャック、荷物を運ぶのを手伝うわ」

「いや、一人で大丈夫だ。ありがとう」ジャックはブルースと睨み合ったまま答えた。

ブルースが目を伏せた。ぶつぶつと悪態をつきながら憤然と去っていく。アストンとゲイブは意味ありげに目配せし合っている。

マディがジャックのガーメントバッグを取り上げた。「行きましょう」きびきびと言う。

並んで歩きながら、マディが横目でジャックを見て囁いた。「いよいよ噂が広まるわね。もうここに用はないわ。さあ、出発」

「よし」ジャックはミニクーパーに荷物を放り込むと、助手席に乗り込んだ。

車がハイウェイを走りだした。ジャックは、暗く閉ざされた場所から脱出するような気分だった。先で待ち受けているのは自由と可能性だ。海は青く大きい。隣には、この体を疼かせるセクシーな美女。開いた窓から、雨と潮の匂いが混じった香(かぐわ)しい空気が流れ込んでくる。沿道に広がる緑の草原。咲き乱れる黄金色のポピー。まだらな灰色の空に、不意に虹が現れた。

マディがラジオをつけた。きみの壁がどうとかという歌が流れる。

ジャックの脳内で、父の優しくも厳(いか)めしい声がした。〝浮き足立つなよ。怪我(けが)をするぞ、ジャック。用心しろ〟

そう、怪我をするかもしれない。だが、それがなんだ。とっくに大怪我をしている。自分は痛みには耐性がある。

そうさ、痛い目に遭うのは慣れっこだ。

6

海沿いのハイウェイを二十分ほど走ったところでカラザーズ・ブラフ・ロードを示す標識が見えてくると、マディはウインカーを出した。

「どこへ行くんだ?」

「ちょっと寄り道。見たいものがあるの。ケイレブとティルダが結婚したとき、祖母が初めて明かしたのね。孫それぞれへの結婚祝いとして海辺のコテージを三軒購入済みだってことを。信じられる? 洒落(しゃれ)たコテージをいっぺんに三軒よ? 結婚式のあとティルダたちはそこに何日か滞在したんだけど、すごく素敵だったんですって。でもまだマーカスとわたしは、未来の自分の別荘を見たことがないの。ううん、自分のじゃなくて、祖母の別荘だわね。今は祖母のものだし、きっとこれからもそう。だけどほら、インスタグラムやフェイスブックに投稿する舞台としては面白いじゃない。祖母に泡を吹かせるのよ。建物の鍵はないけど敷地には入れるわ」

「ばったりケイレブに出くわしたりするんじゃないかな。ぼくの無実が証明されるまでは会いたくないんだが」

車は断崖の上を走っている。どちらを向いても息をのむような海の絶景が広がっていた。

「ケイレブはいないわ。言ったでしょ、あの二人、今はスペインよ」

雲の陰から太陽が顔を覗かせた。射す陽光に、遠くのパラダイスポイントが浮かび上がった。二人がこの週末を過ごした場所だ。草原が輝き、緑に溶け込むポピーの黄色もいっそう鮮やかになった。

行く手の路傍に郵便受けが見えてきた。「いちばん手前がケイレブので、その隣がわたしのコテージよ。見てみたくない？」

花咲く野原や林の中を緩やかにカーブしながら道は延びていた。ティルダの写真や動画で見知ったケイレブのコテージを過ぎてマディが車を乗り入れたのは、色とりどりの花で埋め尽くされた庭だった。

その向こうに、古き良き時代を思わせる瀟洒なコテージがたたずんでいる。建物を囲む木々の枝は長く風にさらされてさまざまな形にたわみ、灰色の屋根も古いものだが、驚くほどきれいに保たれている。全周に奥行きのあるポーチがついた二階建てだ。

「すばらしいね」ジャックが言った。「エレインはそうとう腕のいい庭師を雇っているに違いない」

マディは車から降りた。言葉が出なかった。近づいてみるとフロントポーチは広々としていて、ポーチ用の家具をいくらでも置けそうだった。正面に海が見える大きなブランコまである。マディは階段を上がって窓から中を覗いた。明るい日差しが室内に満ちて、磨き込まれた木の床や壁、年季の入った天井の梁(はり)などがよく見えた。ポーチは、花盛りのペチュニアとケマンソウのハンギングバスケットに彩られている。

思いもよらない感情がマディの胸にあふれた。気づくと頬が涙で濡れていて、自分でも戸惑った。

「どうした？」ジャックが驚いたような声を出した。「マディ？　大丈夫かい？」

「なんでもないわ、なんでもない。ごめんなさい」マディは手をひらひらさせて言い、ポケットのティッシュを探った。「このコテージ……見ていたら無性に腹が立ってきて」

「どうして？　気に入らないのか？」

「気に入ったわ。すごくすごく気に入った。それが問題なの。本当に素敵なコテージ。すべてが完璧。わたしの理想の家そのもの。それを祖母は知ってるのよ。わたしという人間を熟知しているから、だからわたしを振り回したり困らせたりできるんだわ。自分の従属物か何かみたいに扱えるのよ。もっとわたしを信じて、わたし自身に決めさせてくれればいいのに。赤ん坊扱いするんじゃなくて」

こらえ切れずにマディはひとしきり泣いた。ぐしょぐしょのティッシュから顔を上げると、ジャックが少し離れたところから心配そうにこちらを見ていた。

「ごめん」彼は言った。「本当はハグしたいんだ。けど、ルールをたたき込まれてるから。ハグは許されるかな？」

マディは笑い、新しいティッシュを引っ張り出した。「やめておいたほうがいいでしょうね」そう言って、また鼻をかむ。「わたしね、出奔した母をずっと恨んでいたの。でも、やっとわかった。母は軽薄で身勝手な人だったけど、自身の人生を生きるために闘っていたんだって」マディは横目でちらりとジャックを見た。「わたしたちの母の話は知ってるでしょう？」

「ああ。ケイレブから聞いたよ。きみたち三人を自分の親に預けていたって」

「わたしはまだ預けられていなかったけど、でも時間の問題だったでしょうね。遊ぶのが何より好きな人だった。亡くなったとき、わたしはまだ一歳にもなっていなかったの。わが子を邪魔者扱いする母親がどこにいるのかって、わたしはずっと腹を立てていたんだけど、母はただ自分らしく生きようとしていただけだったんだわ」

「お父さんは？　なぜお父さんと暮らさなかったんだ？」

マディはかぶりを振った。「その選択肢はなかった。わたしは自分の父親を知らないのよ。それは誰にもわからないの」

ジャックが苦々しげに顔を歪(ゆが)めた。「そうだったのか。批判がましいことは言いたくないが、子どもを育てながら自分らしく生きる道だってあったんじゃないのかな」

「そうね」マディは認めた。「でも今のわたしは、とことん自分勝手に生きるのも悪くないと思ってるわ。母は、わたしみたいに罪悪感や義務感に苛(さいな)まれることはなかった。ただただ楽しんでいたのよ――自分の人生を」

「バランスが大事だろう。自分の主義主張を通すことと、社会の一員として矩(のり)を超えないこととの。おそらく、きみにとって今回の出来事のポイントはそこなんだと思う。バランスの取り方を学ぶチャンスだ」

マディは笑った。「ジャック・ダリーはカウンセラーかしら」

ジャックは肩をすくめた。「どうしたって不本意な出来事は起きるものだ。そこから教訓を得る以外、何ができる？」

「賢明な考察ね」マディは言った。「そろそろまた芝居の幕が上がるけど、準備はいい？」

「うん？」

「わたしがマスカラと口紅を塗り終えたら動画を撮るわよ。未来の別荘のまわりを探索する二人の動画。プライベートビーチで波と戯れるのもいいわね。はしゃぐわたしがあなたの背中に飛び乗ったり、手を繋いでカメラから遠ざかっていく二人の後ろ姿なんかも。指輪がないのが残念だけど、それはまた今度ね。ハッシュタグはこうよ。#結婚しよう　#幸せな結婚　#海辺のプロポーズ　#わたしたち婚約しました　#永遠の愛を誓う　#固い絆　#世間が驚く婚約――まだまだ思いつきそう。あらゆる手段を使って宣伝しなきゃ」

「こうなったらなんだってやるさ。言われたとおりのポーズを取るよ」

その言葉でマディは想像した。昨夜みたいにベッドに寝そべるジャックの姿を。ただし、今、頭に浮かんだ彼は裸だ。

かっと顔が熱くなって、マディは横を向いた。「あなたが協力的で助かるわ」わざと軽い調子で言う。「それじゃ、始めましょうか」

コテージの周辺を二人で歩き回った。互いの、あるいは二人一緒の、写真や動画をたくさん撮った。ジャックが構えるカメラに向けて、マディが投げキスをした。ペチュニアの下に立って両手でハートを作り、にっこり微笑んだりもした。かわるがわるタイヤのブランコを漕ぎ、上昇する途中の、崖と海の絶景がちらりと入る瞬間を切り取った。冗談みたいにロマンティックなアイデアが次々に湧いてきた。

あっという間に時間は過ぎ、スマートフォンに目を落としたマディは驚いた。二時間半もたっていたのだ。

「夜のドライブは避けたいわ。そろそろ仕上げにかかりましょうか。海を背景にキスする二人。最後はそんなところね」

ジャックの表情は変わらなかったが、にわかに空気が熱を帯びたのをマディは感じ取った。熱を帯び、張り詰めたのを。

「一から十まで段階があるとして、そのキスのレベルはどれぐらいにする?」ジャックが言った。

マディは目を細めて彼をじっと見た。「その問いには裏があるのかしら?」

「とんでもない。逆だよ。一線を踏み越えないようにしようと思うから訊いてるんだ」

「熱烈なキスであるべきよ。本物に見えないとだめなんだから、レベル十にして。スマートフォンを構えるのとキスするのを同時にできるのなら」

ジャックがにやりと笑った。「ぼくは歩くのとガムを嚙むのを同時にできるんだ、マディ」

「そう」マディは彼に自分のスマートフォンを手渡した。「証明してみせて」

ジャックがそれを高く掲げた。「いくよ?」

「どうぞ」

そっと画面をタップすると、ジャックは上体をかがめた。

唇と唇が触れ合った。おずおずと、探り合うようなキスだった。それが不意に別物に——あのときと同じになった。あの熱く融け合うようなキスになり、すべてが消え失せた。何もかも忘れてマディは夢中でキスを返した。心臓を轟かせながら、彼の首に回した腕に力をこめた。

ようやくジャックが体を離した。どちらも無言だった。酔いから醒めたような気分だった。マディのスマートフォンは地面に放置され、何もない空を撮影していた。

ジャックがそれを拾い上げた。「失敗した」小さくつぶやく。「すまなかった。もう一度やろうか？　今度はポーチの手すりに立てかけておこう」

「いいえ」マディは急いで言った。「もういいわ。やらなきゃいけないことがたくさんあるから。行きましょう」

車に乗り込み、二人は出発した。気恥ずかしさをこらえてハンドルを握るマディの隣で、ジャックは撮影した画像や動画をチェックするのに忙しそうだ。

「どれもよく撮れてるよ。実は動画の編集は得意なんだ。やってみようか？」

「ありがとう。助かるわ」

〝しっかりしなさい、モス〟マディは自分を叱った。何をどぎまぎしているの。全部、芝居だったでしょう? タイヤのブランコを漕いだのも、手でハートを作ったのも、キスしたのも。

けれどわたしは、早くも思ってしまっている。すべてが現実だったらどんなにいいだろう、と。

7

難局を切り抜けるコツは、常に忙しくしていることだ。

これをジャックは、バイオスパークの一件が起きる前から知っていた。父亡きあと、里親のもとを転々としながら学んだのだった。自転車を漕ぐのと同じで、何か別のことで頭がいっぱいでも、前へは進めるものだ。学校の勉強に打ち込んだのも、ひとつにはそのためだった。そうする以外、避難する術がなかった。

そういうわけで、途中で昼食をとることになったとき、ジャックは車の後部を開けてキャリーケースからパソコンを取り出した。

料理を注文してしまうと、撮影した動画を手早くパソコンに取り込んだ。性的エネルギーを別のものに昇華させようとする男の熱意と集中力を全開にして、ジャックは作業に取りかかった。キーボードに指を踊らせ、次々に動画をトリミングしていく。いくらもたたないうちに、短めのモンタージュ動画が三本できあがった。

マディはアイスティーをストローですすりながら、彼の手際に目を奪われていた。「すごいわね。どこで覚えたの？」

ペースを少しも乱さずジャックは答えた。「釈放されたとき、まったくの一文無しだった。有り金全部、弁護士費用に使ったから。ぼくを信じてくれる友人も何人かはいたんだが、厚意に甘えたくなかった。数年間は自分の専門分野で仕事はできなかった。だからいろんな職業を経験したよ。アラスカで釣り船に乗っていたこともある。魚の臭いが体に染みついて、辞めたあと何カ月も消えなかった。工事現場やバーでも働いた。PR会社でソーシャルメディアコンテンツを作ったりもした。それでこの手の作業が早くできるようになったんだ」

「もともとの仕事よりも好きになったものはあった？」

ジャックはまっすぐマディを見た。「なかった」

マディが目を伏せた。「ごめんなさい。してはいけない質問だったわね」

「気にしてないよ。そうだ、より完成度を高めるには音楽が必要だな。ブルースかロック、スチールギターはどうだろう。反抗的でざらざらした感じの、強いビートの曲」

マディの琥珀色（こはくいろ）の目が丸くなった。それから彼女はにっこり笑った。「ぴったりな曲があるわ」自分のスマートフォンを手に取ってプレイリストからそれを選び、ジャックにイヤフォンを手渡す。

それを耳に入れて最初の数小節を聞いたところでジャックは言った。「トリックスとテレンスのファーストダンス、このバンドの曲じゃなかったかな」

「そうよ。ムーンキャット・アンド・ザ・キンキーレディーズ。姪っ子のいちばんのお気に入り。最新シングルがそれなの。歌詞をよく聴いて。一バースの長さがちょうどいいでしょ。それが三箇所あるから、動画一本にひとつずつ使えるわ」

ジャックはボリュームを上げ、若い女性の、細いけれど妙に胸に迫る声に耳を傾けた。

あなたは言うの　スカートが短すぎるって
あなたは言うの　口紅が赤すぎるって
何もかも　決めるのはあなた
だけどあたし　嘘つきになるのはいや
気の迷いだよとあなたは言うかしら
だけどやっぱり　あたしはあたし
あなたの鎖には縛られない
たとえそれが金の鎖でも

「完璧だ」ジャックは言った。「長さもぴったり十五秒」あっという間に動画に音楽をつけると、彼はパソコンをくるりと回してマディのほうへ向けた。

最初の動画が終わったタイミングでウェイトレスがサンドイッチを運んできた。マディはサワードウブレッドにグリルドチーズ、ジャックはライ麦パンにコーンビーフ。スープは二人ともトマトバジルにした。

サンドイッチを一口かじって、マディは次の動画を再生した。

「言うことなしだわ」すべてを二回ずつ見終わると、マディはそう言った。「すごく贅沢(ぜいたく)な高級品の広告みたい。車とかジュエリーとか香水とか。ほら、何を宣伝してるのか今ひとつはっきりしないけど、なんとなく購買意欲をそそられる広告って、あるじゃない」

「そういう感じを狙ったんだ」

「もう投稿してかまわない？」

「いいよ。今、そっちに送る」

数分後、一本めの動画をアップロードしたマディは、投稿ボタンの上で人差し指を構えた。「行くわよ。いよいよ家族全員から非難囂々(ひなんごうごう)ね」

「非難してくれる家族がいるだけいいじゃないか」

マディの笑みが消えた。「ごめんなさい、わたしったら――」

「いや、きみが謝る必要なんてないよ。そんなつもりで言ったんじゃない。ぼくは十四で父を亡くしたけど、もし父が生きていたらきみのことを気に入ったと思う。これが芝居だと知ればさぞかし残念がっただろう」

〝ぼくと同じように〟その思いをジャックは胸の奥へ押し戻した。

マディが投稿ボタンを押してパソコンを閉じた。「お父さんが早くに亡くなったのは残念だったわね」

「うん。でも、あの事件が起きたときだけは父がいなくてよかったと思ったよ。手錠や足かせをはめられた息子を誰が見たいと思う？　息子の囚人服姿なんて」

「それはそうだけど」

「汚名をそそごうとぼくが必死になるのは、父のためというのもあるんだ。父はもうこの世にいない――それでも」

マディの顔がしだいにこわばるのを見て、ジャックは口をつぐんだ。彼女は信じてくれていない。あれだけ笑い合った楽しい時間のあとでそれに気づかされるのは、なんともいやなものだった。

これから先も、彼女に信じてもらえる日は来ないのかもしれない。そうだとしても、現実を受け止めて紳士らしくふるまわなければならない。そうすることを父なら望むはずだから。そして言うだろう。〝人間、品性を失っちゃいけないぞ。どんなときもだ〟と。

マディのスマートフォンが着信を告げたのは、ジャックが会計をしているときだった。彼女は画面を確かめ、目を輝かせてジャックを見た。「来たわ」そう言ってスマートフォンを掲げた。画面には〝ばばさま〟とあった。「われわれの作品が鑑賞され、評価が下されたのよ」

着信音は鳴りつづけている。「出ないのかい?」

マディは首を振った。「まだ早い。しばらくはあたふたしていてもらわなきゃ」通話を拒否してテキストを打ち込み、それをジャックに見せた。

わたしは元気にしています。心配しないでください。家族とモステックのために、自分の義務を果たすべく一生懸命がんばっています。そちらへ帰り着いたら連絡します。

「どう思う? 嫌みったらしいかしら」

「これはこたえるだろうなあ」

「それが狙いだもの」にんまり笑って、マディは画面をタップした。「よし、送ったわ。電話はオフにした。これでみんな、わたしとは音信不通」

「きみは金の鎖に縛られない」

「そういうこと」

駐車場へ戻ると、マディが来た道を指さして言った。「二キロ足らず手前に文具店があったわ。ホワイトボードとマーカーを買っていきたいの」

「必要なものはなんでも買ってくれ。こんなにすぐに仕事に取りかかってもらえるとは思っていなかったよ」

「わたしのプロジェクトにしっかり協力してもらったんだもの。こちらもお返しをしないとフェアじゃないでしょう。あの動画は手始めとして最高だったわ。前向きに行動してるんだって実感できて、すごくいい気分。しかたなく必死に花婿候補を探すなんて、そんなのわたしに似合わないじゃない？　頭がおかしいと言われようがなんだろうが、自分らしくいられるって、なかなかいい気分よ」

「きみの頭がおかしかろうがなんだろうが、力になれるのは嬉しいよ」ジャックは率直に言った。「それにしても、地に落ちたぼくの評判が役に立つ日が来るとは思わなかった」

文具店で手早く買いものを済ませて荷物を車に積み込むと、運転を交代してふたたび出発した。

コテージやビーチでにわか撮影会を繰り広げ、さらにはランチを共にするうち、二人のあいだの緊張感は薄れてきていた。危険区域を回避しなければならないのは相変わらずだがそれにも慣れつつあったし、何より話題に事欠かなかった。ジャックはマディから、彼女のキャリアの紆余曲折を聞き出すことに成功した。フォレンジック会計という仕事の面白さを知ったのは、まったくの偶然だったらしい。ニューヨークにあるヘッジファンド会社でインターンをしながらMBA取得を目指していたとき、シニアパートナーによる帳簿改竄事件が起きたのだという。

最初に察知したのはマディだった。彼女が数字を精査して原因を突き止め、不正の全容解明に繋げたのだった。

「きみはそっちのほうをやりたいのかい？　モステックの最高財務責任者よりも」

マディはうなずいた。「ええ。わたしは組織の幹部になるタイプじゃないわ。ケイレブは向いているけど。わたしは雑草をかき分けて土を掘り返すのが好き。会社の重役はそんなことしてる暇はないでしょ、全体を見るのが仕事なんだから。フォレンジックコンサルタントとして、ありとあらゆる業界を見てきたからわかるの。わたし、最新テクノロジーを使ったツールだって自分で開発したのよ。とはいえ、愛するホワイトボードは手放せないから両方を使ってるけど」

「本当に楽しい仕事みたいに聞こえるな。でも、ぼくには絶対できない」

マディが笑い声をたてた。それがジャックには嬉しかった。彼女のすべてが好ましかった。セクシーな唇、露に濡れたように輝く褐色の肌、くっきりとした頬骨。全身の骨格そのものがエレガントで――神々しいぐらいだ。ケイレブに似ていると思うことがたまにあるものの、稀(まれ)だった。きっと彼女は父親似なのだろう。その父親はさぞかし美形だったに違いない。

「何？　ちゃんと前を見ないと危ないわよ」

「きみはケイレブにあまり似ていないね。マーカスにも。お母さんの写真を見たことがあるけど、ケイレブはよく似ている。でも、きみは違う。お父さんの写真はないのかい？」

「ないわ。名前も国籍もわからない。母は誰にも明かさなかったみたい。ひとつだけ家政婦さんが言ってたんだけど、ヨットの事故で亡くなった人はわたしの父親じゃないだろうって。その人は赤毛だったんですって。わたしの親であるはずないわよね」

「そうだな」

「きょうだい三人で遺伝子検査を受けたことがあるの。二、三年前かな、興味本位で。モスにはイギリスとアイルランドの血が流れていると判明したわ。ケイレブにはスペイン人とポルトガル人の祖先がいた。マーカスは日本と韓国。そしてわたしはエチオピアとエジプトが主で、ほかにもアフリカのいくつかの国にルーツがあった。グローバルなきょうだいだと思わない？　母は好みのタイプがものすごく幅広かったのね」

「それがすばらしい結果を生んだわけだね。きみたち三人とも、並はずれた容姿の持ち主だ」

「それはどうも。わたしの父親はツアーで町へやってきたミュージシャンじゃないかというのが家政婦さんの推理なんだけど。彼女も名前は知らなかったわ。なんの楽器を演奏していたのかも。母はどんな鎖にも縛られない人だったのよ。わたしを家政婦さんに預けて遊び放題。最後の最後まで」

「事故は気の毒だが、そのヨットにきみが乗っていなくてよかった」

「わたしもそう思う。そして祖父母と兄たちには感謝してるわ。いろいろ文句や愚痴は言ってるけど、感謝してるのは本当よ。恵まれてると自分でも思うわ。だから不平不満は言わないようにがんばってきたんだけど、このごろ、つい出ちゃうのよ」

「誰にだって、感じたいように感じる権利がある」ジャックは言葉に力をこめた。「それは吐き出したほうがいいんだ。がんばりすぎるのをやめれば楽に息ができるようになる」

沈黙が降り、やがてどちらからともなく笑いだした。

「そうするわ。がんばりすぎないようにする」マディが明るく言った。「あなたのお母さんは？　十四歳でお父さんを亡くしたのは知ってるけど、お母さんの話は聞いたことがなかったわ」

「癌(がん)で死んだ。ぼくが六歳のとき」

マディは顔をしかめた。「ああ、ジャック……それはつらかったでしょう」

「うん。ずいぶん昔のことになるけど、つらかった。母を覚えてはいるが、おぼろげだ。カーテン越しにほんのり見える光みたいな。いろいろな思い出があればよかったんだが、父も死んでしまったから、些細(ささい)な出来事を思い出したくても手がかりがない。時間がたつにつれてどんどん記憶が薄れていくんだ」

「あなたはまだいいほうよ。わたしなんてまったく母のことを覚えていないんだから。おぼろげな光すら感じられない。お母さんの写真はあるんでしょう？　あなたはお母さんに似てる？　それともお父さん似？」

「髪と目の色は母から受け継いだけど、ほかは父に似たみたいだ」

「長い睫毛(まつげ)はお母さん譲り？」

ジャックは笑った。「たぶん。わからないけど」

長距離ドライブも苦にならなかった。話はあちらこちらへ飛びつつ途切れることがなく、あらゆることが話題になった。やがて日が暮れる頃、滞在予定の別荘にいちばん近い町、クリーランドへと車は入った。

「こうしようか。まず、きみが泊まるB&Bにチェックインして、すぐ近くにある〈ブロデリック・タバーン〉で食事をする。そのあとぼくが借りる別荘へ移動して、空き部屋にホワイトボードを設置する。きみがいいと思うときにB&Bへ戻ればいい」

「もちろん、それでいいわ」マディは言った。「きれいな町ね」

「そうなんだ。この町と別荘を見つけてからは、滞在するのはここばかりだ。森はいいよ、リラックスできる。気に入ってるハイキングコースがいくつかあるんだ。興味があるなら案内するよ。奥深い広大な森に入ると、自分の悩みなんてちっぽけなものだと思えてくる」

「いいわね。ハイキングは大好き。森も。わたしも自分の悩みをちっぽけなものだと思いたいわ。なんだか元気が出てきそう」

ジャックは、色鮮やかなヴィクトリア様式の邸宅前に車をとめた。別荘の貸し主であるデリラの住まいだ。鍵束をガチャガチャいわせながらデリラが出てきた。雲みたいな銀色のカーリーヘアに、絞り染めのTシャツ。「ジャッキー！」歌うような大きな声だ。「また会えて嬉しい。別荘のほうはすっかり準備できているわ。あなたの好きなシナモンロールも買ってカウンターに置いてあるわよ」

「ありがとう、デリラ。今回は友人が一緒なんだ。B&Bのほうに彼女を泊まらせてもらえるかな?」

デリラは困った顔になった。「実はね、町で結婚五十周年をお祝いするご夫婦があって。遠方からのゲストがみんなうちに泊まることになっているの。だから今夜は満室なのよ。ごめんなさいね。二日早く教えてくれていれば、好きな部屋に泊まってもらえたんだけれど」

「まいったな」ジャックは困惑してマディを見やった。「月曜の夜だから大丈夫だとばかり……」

「いつもはそうなのに、今日にかぎってよ」デリラが残念そうに言った。「クリスがやっている〈イーグルズ・ネスト〉に紹介しようにも、あちらもいっぱいだし。ベキンズデイルの〈マリオット〉なら空きがあると思うけれど」

「ここから三十分戻らないといけないね」

「そうなのよ。本当にごめんなさいね。いよいよとなったら、別荘の空いている部屋を使ってくれてかまわないのよ。寝具はいくらでもあるんだから」

「わかりました。ありがとう」ジャックはマディのほうを向いた。「申し訳ない」

「大丈夫よ。ベキンズデイルまでは一本道でしょう？　ハイウェイの入り口近くで見たような気がするわ、マリオット」

「そうそう、それよ」デリラは青い瞳に好奇心をたたえてマディとジャックを交互に見た。「わたしが電話しましょうか？」

マディが微笑んだ。「ありがとうございます。自分でかけてみます」

彼女がスマートフォンでホテルの番号を調べて電話をかけるあいだ、ジャックは離れたところで待っていた。無事に予約が完了すると、二人でぶらぶらとブロデリック・タバーンへ向かった。歩きながらマディは、スマートフォンに届いていたメッセージに目を通している。

「祖母から八通も来てるわ。ケイレブ四通、ティルダは三通。マーカスも三通。アニカまで電話をかけてきてる。みんな大騒ぎしてるわ」

「読まないのかい？」

「そのうちにね。今はわたしに母が降りてきていて、自分のことしか考えないマディになってるの。さてさて、動画の反響はどうかしら？」画面をタップしたマディは顔を輝かせた。「九百回も再生されてる」

「大変だ。でもきみの目的のためには喜ばしい。そうなんだろう？」

「そうよ。大いに喜ばしいわ」

「後悔はしていない？」

マディの瞳がきらりと光った。「するものですか」

「そうか」ブロデリック・タバーンのドアを開けて押さえながらジャックは言った。「それでこそマディ・モスだ」

8

マリネされた白身魚のグリルを一口味わったあと、マディはノートを取り出した。美味しい料理に、くつろいだ雰囲気。バンドの生演奏まであった。それもなかなかのレベルだ。いい店での楽しい時間をマディは堪能していた。

B＆Bに空きがなかったのだけが残念だが、それも大した問題ではなかった。ホテルまで運転しなければいけない、ということはお酒を我慢しなければいけない――それだけだ。考えてみればこのほうがよかったのかもしれない。ジャックといるときに、わざわざ自制心を緩ませる必要はないのだから。

マディは、バッグから出した黒縁眼鏡をかけた。「それじゃ、ジャック。仕事モードに入らせてもらうわよ」

「その眼鏡、いいね」ジャックは言った。「今にも相対性理論について語りだしそうだ。そそられるよ」

「それはどうも。まずは、わたしが調査分析すべき案件の概要を聞かせて。過去に誰が調査したのか、そしてその調査が不十分だったとあなたが感じる根拠は何か。当時の書類が保存されていたらとても助かるんだけど」

「すべてパソコンに入ってる。別荘に着いたら見せるよ。だが、お互い今日はもう疲れてるし、始めるのは明日からにしないか？」

「今日できることを明日に延ばす意味がどこにあるの？……というのが祖母の口癖。さあ、話して」

「モス家の人々が揃いも揃ってとびきり優秀な理由がわかったよ」ジャックは浮かない顔をして言った。

「ええ、揃いも揃ってひねくれてるの。で？　何から聞かせてもらえるのかしら？」

ジャックは、マディにも見覚えのある表情を浮かべた。何かに対して覚悟を決めたような表情だ。

「ぼくたちがバイオスパークで何を開発していたか、知っているね？」

「だいたいのところは。でもずいぶん前のことだし、当時わたしは寮生活をしていたから、ケイレブと話す機会もあまりなかった。だから、もう一度おさらいさせて」

「ぼくたちは〝カーボンクリーン〟と呼んでいたんだが、基本は、特殊な酵素をつくりだす細菌と菌類を混ぜたものだ。その酵素にはプラスティックを分解する働きがある。いろいろな種類を開発したよ。ゴミ処理場向け以外にも、海、湖、川用のタイムリリースカプセルとか」

「そこまでは覚えてるわ。すごく話題になったわよね。世間から大絶賛されて。雑誌の表紙を飾ったりインタビューされたり。女性ファンにキャーキャー言われて、二人ともまるでロックスターみたいだった。ケイレブなんてすっかりのぼせ上がっちゃって。自分は神に選ばれし者、ぐらいに思ってたのよ。女性に関してはティルダ一筋だったようだけど。あなたは？　誰かとつきあっていた？」

尋ねるまでもなくマディは答えを知っていた。あの頃は、ジャック・ダリーに関する報道ならどんな小さなものでも見逃さなかったのだから。でも、それをジャックに知らせる必要はない。

「ガブリエラ・アドリアニ。バイオスパークのマーケティング部門を率いていた」

「ああ、覚えてるわ。すごく細くてプラチナブロンドで、眉は真っ黒だった人でしょう？」

「そう。そもそもケイレブもぼくも忙しすぎて、女性ファンなど意識している暇はなかった」

「なるほどね。で、バイオスパークはカーボンクリーンを開発して世の中に大歓迎されたわけだけど、最初は誰の思いつきだったの？　ケイレブからはそのへんの話は聞いたことがないわ」

「ぼくだろうね。スタンフォードの学生だったとき、夏にはいろいろなアルバイトをしたんだが、そのひとつがリサイクルセンターでのゴミ処理だった。灼熱（しゃくねつ）の日々をゴミの山に埋もれて過ごしたんだ。その臭いたるや」

「想像はつくわ」

「あるとき、気づいたんだ。ほかより早くプラスティックの嵩（かさ）が減っていく場所があることに。それで、ヘドロの中からサンプルを採取して培養してみた。腐ったゴミを夢中で漁（あさ）るんだから、同僚には頭が変になったと思われていたな。ゴミ男ってあだ名をつけられたよ」

「そのまんまね」

「そこからはケイレブとの共同作業だ。最も活発に酵素を生産する微生物叢（そう）を選びだし、活動を促進させるよう遺伝子を組み換えた。だが、プラスティックを分解することが採算に合わないと意味がない。それを可能にしてくれる微生物のバランスを突き止めるのに何年もかかった」

「そこでもバランスが大事だったわけね」

「そういうことだ。ともあれ、カーボンクリーン一号は完成した。それからぼくたちは、選りすぐりの人材に声をかけてドリームチームを結成した。微生物学者、有機化学者、遺伝学者。カーボンクリーンの実用化を目指して、一号をさらに改良したんだ。本当の意味での実用化だよ。そうしていよいよ株式を公開できるところまで来た……と思ったら、空が落ちてきた」

ジャックは喉のあたりをひくつかせ、横を向いた。

助けようとしてマディは代わりに言った。「エナージェン社がほぼ同じ製品を引っさげて上場した」

「覚えてるじゃないか」

「大まかなところはね。あれだけ世間を騒がせたんだもの。ケイレブは……ううん、なんでもない」

「ケイレブがどんな気持ちになったか、想像はつく」ジャックの声は暗かった。「誰かがぼくを陥れたんだ」

ここなのだ、とマディは思った。ここがいちばん肝心なところだ。彼の言い分を端(はな)から疑ってかかっていては、誠意を持ってこの仕事をまっとうするのは難しい。コツコツと鉛筆をノートに打ちつけて、彼女は言った。

「教えて、ジャック。あなたの力になるために、わたしは何をすればいいの？」

「ぼくを陥れたのが誰であれ、早くから企(たくら)んでいたのは間違いない。弾みでやったとかじゃない。それに、エナージェンが何もないところからうちと同じようなものをつくりだせるとは思えないんだ。トップクラスの研究者と多額の予算を投入して、寝る間も惜しんでがむしゃらに働いて、何年もかかってぼくたちはあれを生みだした。一方エナージェンのチームは……リーダーはジョエル・ルブランというんだが、バイオ研究者としては、控えめに言っても平凡だ。それまで誰も名前さえ聞いたことがなかった。メンバーの誰も、これといった業績は上げていなかった。人材も資金も乏しい中、あっという間にうちとそっくりなものを完成させたんだ。そうして〝エナージェン・ヴォルテックス〟は華々しいデビューを飾った」

「エナージェンのチームがそんなふうだということ、ケイレブは知っていた？」

「あの時点で、もうぼくの話になど耳を貸さなかったよ。ぼくを陥れたやつは証拠も捏造(ねつぞう)していたんだ。それをケイレブは見抜けなかった。無理もない。とても巧妙に仕組まれていたから」

「証拠というのは？」

ジャックはゆっくりと息を吐いた。「エナージェンが株式を公開する前々日、その株を七十万ドル分、買った人物がいた。注文を受けたブローカーが、のちに明かした――発注はぼくのIPアドレスからなされていたと。ぼくの自宅のデスクトップだ。仮に本当にぼくがやったとして、IPを隠さずにそんなことをすると思うかい？」

「乗っ取りとか、なりすましの可能性は？」

ジャックはゆるゆるとかぶりを振った。「アドレスは暗号化されていたから、それはありえない。ぼくたち専用の、オーダーメイドのIPアドレスだったんだ。発注されたのは午前二時。さらにぼくはパナマの銀行に口座を開設したことになっていて、買ってもいないリオ行きの航空券が部屋で発見された。実に事細かに仕組まれていたんだ」

「午前二時のあなたは、家に一人だった？」

「寝入っていた」ジャックは力なく言った。「ガブリエラとワインを軽く飲んだあと」

「株式が公開されて、七十万ドルは結局いくらになったの？」

「約四千六百万ドル。もちろん押収された。されなくても、そんなものを持ちつづけようと思うわけがない」

マディは、ほっとしていた。彼の話は自分が理解していた事件の概要と矛盾しない……今までのところは。「かなりの大金ね。だけど、エナージェンにしてみたら微々たるものかも。今なら、なおさら。ヴォルテックスで得た利益は何十億にもなるだろうから」

「そうなんだ」ジャックの声は苦々しげだった。「バイオスパークのカーボンクリーンには遠く及ばない製品なのに。ヴォルテックスは効果が現れるまでに時間がかかるうえ、結果も安定しない。塩水中、高温下、低温下……環境に左右されるんだ。しかもポリスチレンとポリ塩化ビニルには効果がない。完全なものを盗んでおきながら、うまく再現できなかったんだ。それで不正の痕跡が消えてしまった」

マディは彼の表情を観察した。でまかせを言っているようには見えない。でもそれならケイレブだって同じ被害を受けたのだ。けれど兄はエナージェンのことは何も言っていなかった。「訊きたいんだけど、ジャック」

「なんでも訊いてくれ」

「エナージェンがバイオスパークの研究を盗んだという確信があるなら、なぜ告発しないの？」

ジャックは少しためらってから口を開いた。「ぼくは知らないことになっているんだ。エナージェンでの研究開発がどう進められてきたか」

「どういう意味？　知ってるの？　それとも知らないの？」

「実は」ジャックは続けた。「友人が内部情報を教えてくれたんだ。ただ、彼女は今もエナージェンで働いている。ぼくに情報を流したとわかれば、法務部が許すはずはない。たとえ刑務所行きは免れても、彼女のキャリアはおしまいだ。だからぼくはこのことは警察に言えない。そもそも、決定的証拠にならない。盗みを示唆する事象がいくつあっても、それだけじゃだめなんだ」

「だったら、あなたの話をいくら聞いても無駄ね」マディは容赦なく言った。「その人の名前を明かしたくないから情報は公にできないとあなたは言う。それで説得力を持つと思う？ わたしに対しても、誰に対しても。だいたい、隠すことにどんな意味があるの？ あなたは名誉を回復したいんでしょう？」

「ぼくはただ、いちばんの友人に証明してみせたいんだ、彼を裏切るようなことは断じてしていないと」ジャックは語気を強めた。「だからエナージェンのデータが手に入れば、ぼくを破滅に追いやった人物が誰なのか見当がつくんじゃないかと考えた。そいつを八つ裂きにしてやれるんじゃないかと」

マディの背筋がこわばった。「暴力沙汰に関わるのはいやよ」

「違う違う。言葉の綾(あや)だ」

ノートにペンを打ちつけながら、マディは考え込んだ。「情報源である友だちの名前、わたしにも言えない？」

「決して他言しないと約束してもらえるだろうか」

マディの目が険しくなった。「わたしを信じられない？」

「頼むよ、マディ。約束すると言ってくれ。友だちを傷つけるのはもうたくさんなんだ」

「わかったわ、約束する。その情報を公にできない以上、お友だちのことを教えてもらっても意味はないかもしれないけれど。でもそれを伏せたところで、お金が戻ってくるわけでもないのに」

「金なんて最初から問題じゃない。金は、ぼくたちがやってきたことの副産物でしかないんだ。役には立つ。あれば前へは進める。でも、金がぼくをコントロールすることはない。一度だってなかった」

マディはうなずいた。「わかったわ。その人について教えて」

「名前はアメリア・ハワード。エナージェンの研究開発部門でシステム管理の仕事をしている。彼女自身は研究者じゃない」

「彼女から得たデータは、明日見せてもらえるわね？」

「ほかのと一緒にそれも保存してある。ガブリエラが彼女に引き合わせてくれたんだ。アメリアはぼくと同じコンドミニアムの住人だった。当時ぼくはサンフランシスコに住んでいたんだが、頻繁にシアトルへ来ることがあったから、こっちにも部屋を借りていたんだ。

アメリアとぼくは馬が合った。ちょうど彼女がクソみたいな男と別れようとしていた頃で、ぼくが助言したりもした。そうこうするうちにぼくの世界が崩壊した」

「アメリアと話がしたいわ。彼女があなたに情報提供していたことは誰にも言わない。でも、直接質問したいことがたくさんあるのよ」

ジャックはうなずくと、スマートフォンを取り出した。「頼んでみよう」番号を選び、ボタンを押す。「もしもし、アメリア?……うん、ぼくだ。今、こっちにいるんだ……そう、またクリーランド。うん、いいね、ぜひ。実は、きみに頼みがあるんだ。友だちにバイオスパークの記録を分析してもらうことになったんだが……ああ、わかってる……うん。うん。それで彼女が、きみと話がしたいと言ってるんだが……いや、心配いらない、約束してくれた……ちょっと待っててくれ、訊いてみる」ジャックはマディのほうを向いた。

「いつがいい? 今週? 来週?」

「来週、エヴァの結婚式が終わったあとはどう? 平日を避けたほうがいいなら、わたしは日曜でもかまわないわ。ランチでもとりながら。一緒にいるところを知り合いに見られない店がいいわね」

それをアメリアに伝え、ジャックは電話を切った。スマートフォンをポケットに戻す。

「日曜の十二時半。彼女の家の近くにちょうどいいビストロがある。地図を送ってもらったから、そっちに転送した」

「楽しみだわ。ほかに今、聞いておくべきことはある？」

「ぼくの背景」ジャックは言った。「ブローカーが、ぼくから注文を受けたと触れ回った。実際にはぼくがしたんじゃないが、結果としてバイオスパークの株式公開はおじゃんになった。ぼくは、詐欺、不正行為、インサイダー取り引きを犯したとして逮捕され、収監された」

「でも、六カ月で出てきた。あれはどうして？」

「幸運が重なったんだ」ジャックの表情は暗い。「事件現場の取り扱いが杜撰だったり、犯罪学者のミスで、証拠であるはずのものが証拠として認められなかったり。そんなこんなで、ぼくの仕業だと誰もが思いながら、長期収容の根拠が見つからなかった。とにかく今のぼくは、ケイレブに無実を信じてもらいたい、それだけだ」

本心からの言葉に聞こえた。本当に彼は無実なのだと、この場でマディは納得しそうになった。でも、それは危険だ。語る彼に肩入れしてしまっている。しすぎている。

ウェイトレスがまたやってきた。「デザートはいかがですか？　お飲みものは？　コーヒーになさいますか？」

「結構です」マディは答え、ジャックに言った。「今夜はこれぐらいにしておきましょう

「あら、平気よ。あなたを降ろしたらすぐに向かうわ。明日は早くから仕事をしたいから」

「ベキンズデイルまで運転させることになってしまって、申し訳ない」

か。別荘まで送るわ」

森を縫って延びる道がヘッドライトに浮かぶ光景は幻想的だった。薄闇に包まれていても、たどり着いた別荘はマディを魅了するにじゅうぶんだった。金属とガラスの立方体を連ねたような、きわめてモダンな建物だ。きっと森の光と色がふんだんに入ってくるだろう。それが細長い渓谷を見下ろす崖の上に建っているのだ。テラスのひとつに至っては、急流と滝の真上に突き出している。大自然の匂いと音が五感に染み渡るようだった。さえずる鳥の澄んだ声。静かに響く虫の羽音。風にそよぐ木々のざわめき。流れる水の音と爽やかな香り。

ガラスの家に足を踏み入れると、シンプルなインテリアが心地よかった。ぬくもりを感じさせるアースカラーのソファがいくつか、暖炉を囲むように配されている。見るからに機能的なキッチンはとても広い。木の長テーブルは十二人掛けだ。

「今、思いついたんだが」ジャックが言った。「きみがここに泊まって、ぼくがベキンズデイルへ行けばいいんじゃないか？　ベッドメイクはできているし、バスルームもすぐに使える。ここでゆっくりすればいい」

「だめよ、とんでもない。ここはあなたの場所よ」

「しかし、きみ一人で三十分も――」

「決めたわ」マディは、とっさに言った。「わたしもベキンズデイルへは行かない。ここに泊まらせてもらうわ。こんなに部屋がたくさんあるんだから、わざわざホテルまで行く必要ないわよね」いったん言葉を切る。「もちろん、あなたのほうに差し支えがなければの話だけど」

「あるわけないじゃないか」ジャックは嬉しそうだった。「それがいい。さっそく客室のベッドメイクをしてこよう」

「ホワイトボードも今夜のうちに設置してしまいたいわ。そうすれば明日早くから取りかかれるから」

「よし、わかった」どこかのベッドルームからジャックの声が返ってきた。

マディはホテルにキャンセルの電話をかけた。たまりにたまった未読メッセージがまた目に入る。家族からも友人からも留守番電話が入っている。ジェリーからだけでも三本。話は広まっているのだ。

着信音が鳴りだした。ケイレブからだったが、心の中でつぶやく。〝今夜はお断りよ、お兄さま〟

通話拒否のボタンを押してから、家族のグループチャットを開いて文字を打った。

お願いだから、みんな落ち着いて。わたしなら心配いらないから。そのうち、こちらから連絡します。アニカによろしく伝えて。それじゃ、また。

どう、ばばさま？　これがわたしの精いっぱいの反抗よ。

9

ジャックが浅い眠りから覚めると、コーヒーとトーストの香りがした。朝の光はまだ淡い。一瞬、自分がどこにいるのかわからなくなり、身を起こしてあたりを見回した。不意に、ここ数日の出来事が思い出されて、どさりと背をベッドに戻した。あらためて、驚き入る。

信じられない思いでジャックは天井を見上げた。あのマディ・モスが——世にも美しい、とびきりセクシーな彼女が、自分と同じ屋根の下にいて、バイオスパークの記録を調べている。奇跡は本当に起きるんだ。

もちろんマディはこの自分を憎んでいる。それでもだ。彼女がここにいるというだけですごいことだ。冷静でいなければいけない。彼女の邪魔にならないようにしなければ。じっと見つめたりしないよう気をつけよう——守れるかどうかはわからないが。

ジャックは顔を洗って歯を磨くと、スウェットパンツとTシャツを身につけた。キッチンでカップにコーヒーを注ぐとき、パンくずのついたバターナイフがシンクに置かれているのに気づいた。すべての部屋が廊下の片側に並んでおり、反対側は全面がガラス張りになっていて、朝靄に煙る森が見渡せる。

ジャックは予備のベッドルームのドアを押し開けた。昨夜、ここをマディの仕事部屋にするべく二人で準備したのだ。彼女は入り口に背を向けてホワイトボードのひとつに見入っていた。片手にマーカー、もう片方の手にはトーストを持っている。彼女の背後のテーブルに置かれているのは、パソコン、マーカー、大量のポストイット、それとノートが何冊か。

「おはよう」ジャックは声をかけた。

「おはよう」マディは上の空だった。「今、話せないの。ちょっと待って」

「いや、いいんだ。続けてくれ」

しばらくすると、マディはジャックのいるキッチンへやってきて、自分のカップにコーヒーのおかわりを注いだ。「さっきはごめんなさい。考えがひとつ、まとまりかけていたものだから」

「邪魔して悪かった。それはまとまったかい？」

「いちおう。正しいかどうかはまだわからないけど」

マディは、ビーチパーティーのときと同じスウェットシャツを着ている。ボトムスはカットオフジーンズではなく、ストライプの入ったスポーツレギンスだ。彼女が身につけると、ぶかぶかの服やスポーツウエアがたちまちセクシーなものに見えてくるのが不思議だった。スカーフをターバンのようにして髪をまとめているが、黒いカールがスカーフの上にはみ出している。化粧はしていない。何も塗られていない唇は深い薔薇色をしている。素肌はすべすべして艶やかだ。最後にキスしたときに触れた肌の柔らかさはジャックの記憶に刻み込まれている。手は、それをまた感じたくてうずうずしている。

「あのねジャック、一通り、ざっと見てみたんだけど、これはわたしの専門分野の域を出ているみたい」二人で仕事部屋へ戻ると、マディがそう言った。「数字と格闘するのがわたしの本来の仕事よ。でもこの案件は、バイオスパークの研究とエナージェンのそれを、徹底的に比べて吟味する作業が必要になってくる。わたしには畑違いだわ」

ジャックは落胆した。「続ける気はないということか?」

「まったく逆。どっぷりはまりそう。徹底的に分析してみたくなった。ただ、間違いない結果を出せるという自信が少し揺らいでるのは本当よ」

ジャックの中でこわばっていたものがほぐれた。「それはかまわない。有能な誰かが新たな視点で全体を見てくれるだけでありがたい、それだけでいいんだ。保証や断定は求めていないよ。それは無理だと、もうわかってる」

「少し時間がかかるわよ」警告する口調でマディは言った。「すべてをわたしの見えるところに広げて、整理して、また整理し直して。それを何度も繰り返すの。ポップコーンが弾けだすのを待つようなものね。だめな粒ばかりなんじゃないかと思いはじめた頃、いっせいに弾けだすのよ。一気にアイデアが湧き出てくるの」

「ぼくはそばにいないほうがいいのかな」

「基本的には。集中してるときのわたしは愛想のない、いやなやつになりがちだし。だけど、大声で呼べば聞こえるところにいてほしい。解説してもらいたい用語が山ほどあるから。たとえば微生物叢、スーパー酵素、バイオレメディエーション。あるいは、ポリマーの鎖を切断するとはどういう意味かとか」

「わかった。これから町へ買い出しに行かないといけないんだが、車を使わせてもらってもいいかな？」

「もちろん。どうぞご自由に」マディはもう、遠くを見る目をしていた。ペンを忙(せわ)しなくノートに打ちつけている。「キーはバッグの中よ」

永遠に崇(あが)めていられそうなマディ・モスの後ろ姿から、ジャックは強引に視線を引き剥がした。ホワイトボードと向かい合うマディはこのうえなくセクシーだった。背伸びをしてボードの上のほうへ手を伸ばすたび、スウェットシャツが持ち上がる。ヒップの形と、ピンク色をしたしなやかな足の裏があらわになる。

ジャックがファーマーズマーケットと食料品店とパン屋を回って戻ったときには、マディは別のホワイトボードの前にいた。

彼女が書きつけた情報の中にはジャックのよく知っているものもある。しかしなぜこういう並べ方や整理のしかたをするのか、彼には謎だった。一見、なんの脈絡もなさそうに見えるのだが、そうでないことは、レーザー光線のようなまなざしでそれを凝視する彼女の様子からして明らかだった。完全にジャックを無視する態度からも。もし彼女の力を信じていなければ傷ついてしまうところだ。けれど信じているから、無視されたぐらいで傷ついたりはしなかった。

〝がんばってくれ、マディ。とことんやれ。手を休めるな〟

二時間後にふたたび行ってみると、マディはパソコンにかじりつくようにしてキーボードをたたいていた。文字や数字で埋め尽くされたホワイトボードがまた増えている。ジャックは感心してそれに見入った。「何をしてるか、訊いてもいいかな?」

「だめ」顔も上げずに彼女は言った。

「そうか、わかった。ランチの支度をするよ。魔法の機械に燃料を補給しないと」

マディの表情は変わらない。「何か言った？」

ジャックは軽く笑ってその場を離れ、バーベキューグリルの火を熾(おこ)しに行った。鮭(さけ)の切り身にバター、レモン、ディルをのせてアルミホイルで包み、蒸し焼きにする。夏野菜の炭火焼きと、ふっくら仕上がったピラフを添えると、テラスでの食事の準備は完了した。

ジャックはまた仕事部屋へ行き、ドアを開けた。

「できたよ。テラスで食べよう」

マディは振り向きはしたものの、目は何も見ていなかった。しばらくすると、彼女の頭の中でギアが動く音がするのがジャックにも聞こえたような気がした。食事というものが存在する次元に、マディの意識が戻った瞬間だった。

「ありがとう」声はまだぼんやりしていた。「ええと……わかったわ。すぐに行く」

「テラスで待ってる。急がなくてもいいよ」

マディは、マーカーのインクで黒く汚れた手を見下ろした。「洗ってこなくちゃ」

食事中も彼女は寡黙だったが、ジャックは気にならなかった。自分にも覚えがあった――大学生だったとき、院生だったとき、バイオスパークで研究をしていたとき。ひとつのことに没頭するとしゃべり方を忘れてしまうのだ。そして、それを思い出すのにしばらくかかる。深く潜れば潜るほど、浮上するのに苦労する。

「そういえば、町へ買い出しに行ったときジュエリーショップを見つけたんだ」ジャックは言った。「よかったら行ってみないか。指輪を巡る動画が撮れる」

「ああ、そうね。思い出させてくれてありがとう。すっかり忘れてた。野次馬という名の獣たちに餌をやらないとね」

「家族には連絡した？」

「あの人たちのヒステリックなメッセージを読んだかって訊いてるの？　昨夜からスマートフォンは開いてないわ。騒ぎがどれぐらい大きくなってるか見てみましょうか」

マディがスマートフォンを出してきた。と、同時に着信音が鳴りだす。

「ティルダだわ」画面を見てマディが言った。「本当のお姉さんみたいに大好きな彼女だけど、今はだめ。みんなタイミングが悪すぎるわよ。わたしがスマートフォンを手に取るたびにかかってくるんだもの、勘弁してほしい」

「今朝は何時に起きた？」

「四時にはもう仕事部屋にいたわ。よく眠れなかったの」

「眠れなかった？　ベッドのせいかな」

「ベッドの寝心地は最高だったわ。窓から森が見えるのも川の音が聞こえるのも、素敵だった。だけど眠れなくて、早くに起きだしたの」たまったメッセージに目を通していたマディが、息をのんだ。「嘘でしょう」

「どうした？　誰かに何かあったのか？」

マディは手で目を覆った。「ケイレブたちがスペイン滞在を切り上げて帰ってくるんですって。今日、バルセロナを発つって。わたしのことが心配だからって」

「それは大変だ」

「大変なんてものじゃないわよ」

「でもエレインに何かあったんじゃなくてよかった。一瞬、どきっとしたよ」

「わたしのせいで祖母が心臓麻痺か何か起こしたんじゃないかって？　ありえないわ。あんなにタフな年寄りはいないんだから」

ジャックは黙って肩をすくめ、横を向いた。

マディがテーブル越しに身を乗り出して彼の腕をたたいた。「ちょっと、どうしたの？　何か怒ってる？」

「嫌いなやつらを振り回しているんだったらよかったのにと思っただけだよ。たとえばブルース・トレイナーとか。あいつを右往左往させて困らせるのは面白いだろうな。でもケイレブやエレインみたいに、自分が好意や敬意を抱いてる人たちにこんなことをするのは楽しくない」

マディが目を伏せて皿を見つめた。「やめてよ、ジャック。言わないで。わたしに罪悪感を抱かせないで。抱かないようにしようと一生懸命なんだから」

「ごめん」ジャックは素直に謝った。「もう言わないよ。黙ってパイを取ってくる」

「いいわね。食べ終わったら指輪を見に行くわよ。もっともっと家族をないがしろにするひどい女になってやる。恩知らずで残酷で無慈悲な女にね」

ジャックはショートブレッドクラストのブラックベリーパイを一切れ彼女のために切り、ハニー・バニラアイスクリームを一すくいのせた。「仰せのとおりにいたしますよ。それにしてもマディ・モスの邪悪さは留まるところを知らないな」

「同じ台詞を今ごろケイレブもティルダに言ってるはずよ。バルセロナの空港で」マディはパイを一口頬ばると歓声をあげた。「何これ、ジャック。最高に美味しい」

うん、今のところは順調だ。ジャックはそう思った。自分は品性を保っている、と。

昼食を終えると、二人でジュエリーショップを訪れた。裕福なシアトル民に人気の観光地だけあって、美しく個性的なデザインの指輪が豊富に揃っていた。そんな中でも、ある指輪を見たマディがとりわけ目を輝かせたのにジャックは気づいた。アームはホワイトゴールドの平打ちで、スクエアカットのサファイアをカボションカットのルビーが取り囲んでいる。モダンでありながら、どこか懐かしさを感じさせるデザインだった。

「素敵だわ」それをはめてみたマディが言った。「シュメールの女王になった気分」

ジャックはそっと値段を確かめた。予想に違(たが)わず、それなりの額だった。「つけてるところを撮(す)ろうか」

店は空いていたし店員は親切だったので、写真や動画をたくさん撮った。うっとりと目を閉じたマディがジャックの首に腕を回しているところ。二人がしっかり手を繋いでいるところ。キスを交わしているところ。どの写真でも、マディは指輪を見せつけるようなポーズを取った。今すぐ買って彼女に贈りたい……それぐらいその指輪はマディによく似合っていた。

「また来ますね」最後にマディが店員にそう告げた。

別荘へ帰るとすぐにマディは仕事に戻り、ジャックは動画の編集に取りかかった。やるべきことがあるのがありがたかった。そのあと、翌週の商談のための資料に目を通して二時間をつぶした。そうするうちに夕食を用意する時間になった。

夕闇が迫る頃、バーベキューグリルで焼いた串刺しチキンの香ばしい匂いにつられてマディが穴蔵からテラスへ出てきた。チキンのほかには、トマトときゅうりのサラダ、パン屋で仕入れてきたクラストがぱりっとしたパン、マジョラムとバジルで香りをつけた夏野菜のシチューが並んだ。

食事が終わると、ジャックはパソコンをマディのほうへ向けた。

「今回は自分で曲を選んでみたんだが、ほかのがよければ変えてもいいんだ。《ブリング・ザ・ブリング》、ジャックハマーの新曲。きみの好きな反骨精神にあふれてる」

オープニングはマディの華奢な手のアップだった。インクの染みが残る指に、豪奢な指輪が輝いている。彼女の両手はジャックの首に回されている。うなじに指が食い込みそうなほど力いっぱい彼にしがみつくマディ。むせび泣くスチールギターに、低く響くハスキーなバリトン。

わかりやすい動画だ。観(み)ればきっと誰もが羨ましがる。こんなカップルになりたいとみんな憧れるだろう。

ジャック自身、こんなカップルになりたいと願っているのだった。映っているのは自分自身であるにもかかわらず。実に皮肉でややこしい話だ。

「すごいわ。最高。大々的に広めてもいい？」

「もちろん」

マディが笑いを浮かべた。「あなた、天職に就きそこねたんじゃないかしら」

「いや」ジャックはきっぱりと言った。「天職には就いた。どこかの盗人がぼくからそれを奪ったんだ」

とたんにマディの顔から笑みが消え、ジャックは慌てた。〝品がないぞ、ダリー〟

「ごめんなさい」

「いや、こっちこそすまなかった。あの件できみに愚痴をこぼすのはやめると心に決めたはずなのに、ときどき忘れてしまうんだ」

曖昧な表情のままマディが立ち上がった。「眠る努力をしてみるわ。明日も早くから仕事をしたいから。やるべきことがまだまだあるの。ごちそうさま。あなたは本当に料理が上手ね。洗いものはわたしがするわ」

「気にしなくていい、ぼくがやる。きみにはホワイトボードの前で魔法を使うことに集中してほしいんだ。あるいは眠ることに。おやすみ」

食事の後片付けを終えたジャックは、シャワーを浴びることでリラックスしようと試みた。しかし、すぐそこにマディがいると知りつつ裸になるのは、緊張をますます高めるふるまいでしかなかった。

インクのついた長い指がまぶたの裏から離れなかった。その指の上で、銀色の指輪が輝いている。金茶色をした彼女の肌を照らす月明かりと同じぐらい明るく。その明るさが、ジャックの胸を苦しくさせる。

感情のこのサイクルがルーティンになりつつあった。いたずらめいた芝居を過剰なほどに楽しんだあと、しばらくすると急に落ち込みがやってくる。まやかしだからだ。まやかしでなくなる日は永遠に来ないからだ。

こんな心の浮き沈み、マディには気取られないようにしなければならない。

10

次の日も、その次の日も、マディはバイオスパークの記録を分析することだけに没頭した。どんな小さな情報も見逃さず、ひとつひとつ吟味しては頭の中にある独自のマトリクスに落とし込んでいく。

そうして三日が過ぎた頃、魔法さながらの現象が始まった。新たな発見や気づきが頭の中にあふれ出すのだが、実はそれらの情報は、すでにわかっていたことのいわば焼き直しなのだった。

これが、この仕事の醍醐味(だいごみ)だった。繰り返し訪れるひらめきと納得の瞬間にマディは興奮した。

ひとつ問題なのは、事実を突き止めようとするマディを、彼女自身の肉体が邪魔することだった。こんな感覚は初めてだった。マディの体が、自分にも褒美をよこせ、満足させろ、こっちにも思惑がある、と喚(わめ)きたてるのだ。

まるで綱渡りをしているかのよう。ジャック・ダリーの無実をこれほど強く願うのは危険だ。異性として惹かれているだけでなく、マディは彼の人間性が好きだった。頭の良さも、ユーモアのセンスも。

なんといっても彼はセクシーだ。それはもう、ありえないぐらいに。

苦心の末に生みだしたものを一定の金額と引き換えに手放すなどということを、あのジャックがするだろうか。大切な友人を傷つけ、自身の評価を地に落とすようなことを。確かに、彼が買ったとされるエナージェンの株は四千六百万ドルになった。でも、バイオスパークがあのまま成長を続けていれば生んだであろう何十億もの利益に比べたら、何ほどのものでもない。

卑劣な裏切り者の物語は、オリジナルストーリーの続きにはそぐわない。もともとは、血気盛んな若き起業家が二人、海を救って大儲けする夢を全力で追うという、ハリウッド映画にでもなりそうな話だったのだ。それが、一方が友だちを裏切り、不正に得た金を持ってリオへ逃げるなんて。

彼が、あれほどの才能の持ち主が、そんなことをするだろうか？

ジャックを知れば知るほど、その問いは無意味なものに思えてくる。だって彼はやっていないのだから。そんなのは、もっとちっぽけでずる賢くて、利己的な人間がやることだ。

自分のことしか考えていない人間が。

ああ、でも……。現実が自分の望みどおりだと思い込むのは幼稚な思考だ。危険でもある。ともすれば直感に頼ってしまいそうになる自分が、マディは怖かった。

ジャックが仕事部屋へ入ってきた。「食事の支度ができたよ。お腹、空いただろう?」

「そうね。今夜はこれぐらいにしておくわ」

近くまで来たジャックが、殴り書きと色とりどりの付箋で埋め尽くされたホワイトボードを眺めた。「何かわかったかい? ちょっとだけでも教えてもらえないかな」

しばらくためらったあと、マディは答えた。「もしアメリアの情報が確かなものだとしたら——」

「確かだ」

「それが信頼できるものだとしたら、バイオスパークの研究データがエナージジェンに流れていたのは間違いないと思う。エナージジェンのヴォルテックス開発チームについて調べてみたんだけど、メンバーの能力に関するあなたの評価は正しかったわ。バイオスパークがカーボンクリーンに費やした時間を考えても、彼らがあれだけの期間であれほどの成果を上げられるわけがない。それから、新規株式公開に先立つ一年半の開発記録を見ると、バイオスパークもエナージジェンも折々に大きな成果を上げているのがわかる。ただし、双方のタイミングに一定のタイムラグがあるの。あたかも、エナージェンのチームが定期的に情報を得て、慌ててそれを真似(まね)しようとしたかのように」

「やはりそうか。ぼくもまったく同じことを思った」

「それを踏まえたうえで、彼らに情報を流していたのがあなただったと仮定してみた」

「なるほど」ジャックがつらそうな顔になった。「それで？」

「仮定すること自体、あまりうまくいかなかったわ」マディは認めた。「あなたに関するかぎり、わたしは自分の知覚能力が信用できないの。正直に言うわね、ジャック。わたしは、あなたがこんなばかなことをしたとは思えない」手を振り払うようにしてホワイトボードを示す。「たとえまんまと四千六百万ドルを持ち逃げできたとしても、バイオスパークの将来性に比べたらちっぽけなものでしょう？　あのまま行けば、あなたたちは大富豪になれたはずよね。超有名人よ。海を救ったヒーローとして世界中の人々に崇められるわ。図書館や小学校にあなたたちの名前がつくかもしれない。そういう人生を棒に振ってまで、ビーチパラソルの下でトロピカルドリンクをすする毎日を送りたいと思うかしら？　そんなの死ぬほど退屈じゃない」

「それより何より」ジャックは語気を強めた。「ケイレブはぼくにとって家族同然だった。エレインもだ。きみの家族全員がそうだった、バイオスパークの社員も。ぼくにとっての家族は彼らだけだったんだ。四千六百万だろうが四千六百億だろうが、大事な家族と引き換えになどするものか。きみには信じてほしい」

マディはまっすぐに彼の目を見た。そして、うなずいた。「信じるわ、ジャック。フォレンジックのプロとしては、いけないことかもしれない。でも、わたしはあなたを信じる」

ジャックは目をつむると顔を背け、しばらくそのままでいた。「ありがとう」やがて言ったその声はかすれ、震えていた。「それがぼくにとってどれほどの意味を持つか、きみにも想像はつかない」

自分の世界が大きく転換しようとしているとマディは思った。新しい世界において、ジャックは潔白だ。今わたしは新旧の現実の狭間（はざま）にいる。ジャックが嘘つきの泥棒である世界と、ジャックが……ただジャックである世界との。

本当のジャック。ジャックの真実。こちらへ向き直った彼の瞳で、それは光り輝いていた。見られたくないであろう涙を彼が拭う。

マディも盛大に鼻をすすり上げながら、目をごしごしこすった。「わたしを笑いものにしないでよ、ジャック・ダリー」警告する口調で言う。「そんなことしたら、ただじゃおかないから」

「きみには最初から本当のことしか言ってこなかった。神に誓うよ」

「ひとつ心配なのは、あなたの無実を信じたいあまりに、正しい結論を導き出せないんじゃないかということ」

ジャックが一歩足を踏み出した。「大丈夫だ。きみの判断は正しい」

「まだ解決はしていないわ。あなたの潔白を証明する必要がある。今はまだ、わたしの主観でしかない。確たる証拠にはならないの——もっと材料が揃わないことには」

「わかってる」ジャックが指先でマディの頬に触れた。それから手を取ると、その手のひらにそっと唇をつけた。

彼の唇はとても温かかった。そこから全身へと熱が広がっていく。一瞬、息が止まり、両足の付け根がぎゅっと締まる感覚があった。その奥で、欲望が甘くとろけるように疼いている。

それをジャックが感じ取った。「ああ、だめだ」彼は言った。「お互い、頭を冷やしたほうがよさそうだ」

マディは声を出して笑った。「あなたはがんばって。氷みたいに冷たい川にでも飛び込む？」

「川なら、すぐそこだ。靴を履いて上着を着ておいで。これぐらい明るければ滝がまだ見える。いちばん近いところへ行ってみよう」

マディは頬を緩ませたまま後ずさりして彼から離れ、部屋へ急いだ。スウェットシャツを着てスニーカーを履き、スマートフォンをベッドに放る。これは必要ない。

何もかも置いていくのだ。全部、後回しでいい。

ジャックについて外へ出た。森へ足を踏み入れる。奥へ進むにつれ、自分の中で眠っていた五感が目を覚ますのがわかった。頭上に天蓋を形作る無数の大木は、鮮やかな緑の苔や地衣類に覆われている。低い木々の葉は軽やかに揺れ、まるで宙に浮いているかのようだ。鳥が歌い、風がそよぎ、草木が甘い匂いを放っている。森は生き生きと息づいている。

それはマディ自身も同じだった。生きている、とこんなにも実感したことはかつてなかった。目に映るもの、耳に届くもの、鼻が嗅ぎ取るもの、すべてが深く濃く、鮮やかだった。この葉の柔らかさ。鳥たちの澄んださえずり。

信じられない。ここはこんなにも美しかった、おとぎの国のような場所だった——なのにわたしは、見ていなかった。感じていなかった。

ジャックのおかげで心の新しい目が開いたのだ。まわりを見回せば、初めて見るものばかりのような気がする。目がくらみそうだ。

そして、ジャックはなんてきれいなんだろう。容姿も心も美しい。最初からそうと知っていたけれど、わたしは自分の手で目隠しをして、真の彼を見ないようにしていたのだ。ジャックを信じていなかったから。あるいは、自分自身を信じていなかったから。

でも、彼を疑う気持ちはもう消えた。心は軽い。空気か何かになった気分だ。原始の世界を思わせる森の中を、驚き圧倒されながら彼と二人で漂っている。

マディはジャックに連れられて崖の突端までやってきた。浸食されてつるつるになった岩の表面を、澄み切った水が勢いよく流れ落ちていく。奔流ははるかな谷底まで届いて、盛大に飛沫（しぶき）を跳ね上げている。派手に翻る巨大なスカートみたいだ。

「すごい」マディは感嘆の声をあげた。「わたしったら何も知らずに、コーヒーをがぶがぶ飲んでひたすら数字と格闘していたのね。おとぎの国がすぐそばにあったのに」

ジャックが嬉しそうな顔になった。「気に入ったかい？　ここはぼくが世界中でいちばん好きな場所のひとつなんだ」

「こんなにきれいなもの、見たことがないわ」

「ぼくもそうだった」彼が静かに言った。「きみに会うまでは」

どちらの腕もだらりと体の脇に垂れていたのが、何かの弾みでマディの小指が彼の手をかすめた。とたんに電流が体を駆け抜ける。

いつの間にか手と手を繋ぎ合っていた。指を絡めて、しっかりと。顔が熱い。真っ赤になっているに違いない。心臓が狂ったように脈打っている。「わたしも同じ」マディは囁いた。

ジャックが体ごとこちらを向いて、もう一方の手も取った。「エレインのためにしているこの芝居」彼は言った。「これが芝居じゃなければどんなにいいかとぼくは思っているんだ」

マディは彼の目を見上げた。「わたしもよ」

二人の距離が縮まり、気がつくとキスが始まっていた。

どちらも無我夢中だった。いつ引き離されるかと恐れてでもいるように。こうしないと死んでしまうとでもいうように。

この場で服を脱ぎ捨ててセックスしたってかまわないとマディは思った。濡れた岩の上で。苔むした丸太に背中を預けて。木の幹に押しつけられて。きっと滝の飛沫がこの肌を冷やしてくれるだろう。こんなに体が熱いのは、下腹部に固く大きなものを感じているから。熱すぎて、もう溶けてしまいそう。

ジャックが体を離した。「戻ろうか?」

マディはうなずいた。ふたたび手を繋いで歩きだす。並んで歩くには狭い山道だが、どちらも絡めた指を解こうとはしなかった。二人でひとつだった。こうなることをマディはずっと請い願っていた。リゾートホテルで初めて彼とキスをしたあのとき、欲望を覆っていたカーテンが開かれたのだった。

その欲望がついに満たされるのだと思うと、嬉しくてならない。帰るべき場所にやっと帰り着いたような、そんな気分だった。

夕闇はいちだんと濃くなっていた。足もとがようやく見えるぐらいの明るさしかないが、ジャックはこの森をよく知っていた。マディの手を引き、ごつごつした木の根をよけ、坂道を上り、また下っていく。やがて別荘が見えてきた。木々のあいだで、細長い窓が黒水晶のように煌めいている。

マディはジャックに続いて中へ入った。薄闇に包まれて、二人はしばらくじっと見つめ合った。言葉はなく、緊張と期待は高まるばかりだった。

暗くても、ジャックの目に宿る厳粛な光は見て取れた。「マディ」彼は言った。「生まれてこの方、これほど何かを欲しいと思ったことはないよ。でも、このまま進めばもう後戻りはできない。戻ろうと思っても、ぼくは戻れない」

「戻ろうと思わなければいい。わたしは前へ進みたいわ。あなたと一緒に」

「しかし……」彼の声が途切れ、何かを飲み下すように喉が動いた。「きみはよく考えたほうがいいと思う。最後にもう一度」

マディは首を振った。「わたしは考えない。考えられない。今はただ、感じるだけ。いつもなら自分に許さないことだけど。でもあなたと一緒だと、こうなってしまう。自分でもどうしようもないの。でも、いやじゃない。それどころか……すごくいい気分よ。信じられないぐらい」

「そうか。だがぼくは、これが単なる芝居だったときからきみのことが心配だった。大切な人たちから拒絶されるのがどういうことか、よく知っているから。何度でも言う。血縁はなくとも、ぼくにとってバイオスパークは家族同然だった。家族に見放されるのは――つらいなんてものじゃない。心にとてつもなく大きな穴が開くんだ。どんなときもその存在を感じずにはいられない。誰といても、何をしていても、穴は常にそこにあるんだ」

マディは、震えそうになる唇を噛みしめた。「決めるのはわたしよ」

「そうだね。でも、きみは知らないまま決めようとしている。ぼくのような目に遭ってみないと、つらさはわからない」ジャックの声は暗い。「それをぼくは知っているんだ、マディ。だから言わなければならないんだ」

ジャックの全身から滲み出る苦悩にマディの胸も痛んだ。マディは足を踏み出し、そっと囁いた。「あなたは本当にいい人ね、ジャック」

「きみだけだよ、そう思ってくれるのは。ぼくの人生は終わったんだ。きみを道連れにはしたくない。今は実感できないかもしれないが、家族や友だちは必要だよ」

マディは、すっとジャックに寄り添うと、その胸に両手をあてた。彼のぬくもりと心臓の鼓動を感じ取りたかった。「ジャック」ぽつりと囁いた。「わたしにはあなたが必要なの」

「ぼくだって同じ気持ちだ。しかし、ぼくの汚名がそそがれないかぎり、きみの家族には二人の関係を認めてはもらえない。わかるだろう？　ケイレブ、エレイン、マーカス、みんながどう感じるか」

「みんなわたしのことを思ってくれてるなら、きっとわかってくれる。わかろうとしてくれるわ。そうに決まってる」マディはシャツをつかむと、乱暴に彼を引き寄せようとした。

「おいおい」ジャックは小さく笑いながら、マディの手をそっと包み込んだ。「ぼくは正しい行いをしようとしているんだよ」

「お気遣いはありがたいけれど、あなたがわたしをここへ連れてきたのよ。魅惑の森に囲まれた魔法の愛の巣へ。セクシーで魅力たっぷりな姿をさんざん見せつけておきながら、いざわたしが誘惑に負けそうになったら、後ずさりするなんて。わたしをからかってるの？」

「違う。そんなわけないだろう。ぼくはただ、きみに――」

「だめ」マディはつま先立ちになると、彼の首に腕を回した。「聞きたくないわ。もう黙って。そしてキスして」

ジャックが呻くような声を漏らしながらマディの腰を抱いた。それから黒髪に指を通し、頭を包み込んだ。

溶けていく、とマディは思った。目も、首筋も、心も、脚の付け根の奥も。自分というものが、熱くて柔らかくて、とろりとした何かになってしまう。それでも全然かまわない。疑念、不安、後悔、そんな言葉は知らない。残っているのは、ジャックにもっと近づきたいという強烈な欲求だけ。

ジャックの肌を隅の隅まで探索したい。唇の熱さを、頬にこすれる髭のざらつきを、ぞんぶんに感じ取りたい。うなじをきれいに刈り上げた短い髪を慈しみたい。複雑でスパイシーな彼の香りを吸い込みたい。気がつくとマディは彼のシャツのボタンをまさぐっていた。ジャックの手を借りてそれをはずす。

あらわになった上半身を見るとマディは笑い、満足したネコのような声を出しながら胸から腹へと両手を滑らせた。

「何か面白いことでもあったかい？」

「このあいだのビーチでのゲイブを思い出したの。シャツをひらひらさせて走り回っていたじゃない。腹筋を見せびらかすために。あなたに太刀打ちできるわけないのに」

ジャックも笑った。「ゲイブ・モアヘッドと張り合おうと思ったことはないな」

「それはそうでしょ。あんなの、比べものにもならないわ」しなやかな胸毛を撫で下ろして、マディはベルトのバックルをつかんだ。「これをはずして」

「待て、待ってくれ。こっちも追いつかないと」

ジャックはマディのスウェットシャツを引っ張り上げて頭から抜き、彼女がスポーツブラのフロントスナップをはずしてそれを取り去ると、感に堪えないといった面持ちで息をついた。

「ああ、マディ」彼はそっと言った。「なんてきれいなんだ。あまりにきれいで息が苦しくなる」

「そう思ってくれるのは嬉しいわ。でも、ちゃんと息はしてね」マディは自分でジーンズのボタンをはずした。「わたしに考えがあるんだけど、それにはたくさんの酸素が必要だから」ジーンズを足から抜き、身をくねらせてショーツを脚に滑らせる。「あなたも脱いで」

瞬く間に二人のあいだから衣類が消えた。ジャックの裸体は、たくましい上半身以外も見事だった。筋肉の発達した腿と引き締まったお尻がとりわけ素敵。鳥肌が立つぐらい空気は冷たくて、濃い色をした乳首が胸筋の上で尖っている。彼の体は堅牢だった。手を触れれば、あらゆるところが固く、力強く、熱かった。

そして、これ。ああ、すごい。これこそ、とびきり固くて熱い。マディの手の中で、力強く脈打っている。

互いの手をつかみ、脚を絡ませ、しがみつき、撫でさすり、狂おしくキスをする。息もできないほどの混沌にマディは酔いしれた。ジャックの髪はつかむには短すぎるけれど、それをまさぐる手は止まらなかった。彼は長い指にマディの髪を絡ませ、キスを繰り返した。ときおり切羽詰まったような意味をなさないつぶやきを漏らしながら、首から肩、そして胸へと、唇を這わせる。

得も言われぬ心地よさだった。そこここを舐められ、吸われ、転がされるうちに快感はどんどん高まり、自分の胸の真ん前で太陽が輝いている錯覚に陥るほどだった。心臓が焼かれる感じがしたと同時に、最初のオーガズムに貫かれた。マディは頭をのけぞらせ、ジャックのたくましい体にすがりついた。

満足そうな彼の呻きが胸に伝わってくる。マディの胸は今や果てしなく広がって、あらゆるものを取り込み、感じ取れるようだった。無限に深い悦びも。

重力の存在を思い出すまでジャックが体を支えてくれていた。マディが目を開けると彼は床に膝をつき、彼女のヒップをとらえてお腹に唇をつけた。小さな茂みを撫でながら、マディを見上げる。

「きみを味わいたい」かすれた声で彼は言った。

言葉を発するのは不可能だったから、マディはただうなずいた。わななく唇のあいだから、ぎくしゃくした息を忙しなく吐き出すばかりだった。自分の感覚なのに、この激しさはもう手に負えない。

ジャックがそこへ顔を寄せて口をつけ、左右に開いた。舌が最も敏感な部分をとらえる。彼の頭を抱えたマディは夢中で自身を押し当てた。ああ、なんて気持ちがいいんだろう。ゆっくりと……ゆっくりと……何度も何度も……舐められ、弾かれ、転がされ、優しく吸われ……そうしてついに、また強烈な快感に全身を貫かれて、世界が真っ白になった。恍惚となってマディはすべてを忘れた。

われに返ったときにはジャックの腕の中にいた。廊下を運ばれていくところだった。彼は部屋のドアを足で蹴り開けると、マディをベッドに横たえた。

寒さから守ろうとするかのように、ジャックがマディに覆いかぶさった。大きな体の熱さとシーツの冷たさのコントラストに、また官能を刺激される。

マディは必死に腕を伸ばした。体のあらゆる部分が、彼を少しでも近くへ引き寄せようとしていた。

彼はベッドサイドに手を伸ばすとサイドテーブルの引き出しを探り、コンドームを取り出した。シートからひとつちぎって開封し、装着すると、脚のあいだに体を据えてマディの手を取り、屹立したものを握らせた。

「きみが導くんだ。きみのペースで。きみがいいと言うまでぼくは動かない」

返事をしたくても、できなかった。純粋な、むき出しの情欲に、ただ震えるばかりだった。マディは背を反らし、身をくねらせて、最も望む一点に、大きなそれをあてがった。

彼の腰に指を食い込ませて、強く引く。「来て」マディは哀願した。「お願い……早く」

ゆっくりと、そして深々と、ジャックが入ってきた。あまりの快感に、どちらも大きく喘いだ。

自分が縛りを忘れてここまで奔放になれるなんて、マディは想像したこともなかった。限界は果てしなく広がり、地図もルールも変わりつづける。荒れ狂う欲望にマディはむせび泣き、切れ切れに叫んではジャックを促し、急かした。

そんな彼女の望みどおりに、ジャックの体は激しく荒々しく律動した。マディは彼の腰に脚を巻きつけ、背を弓なりに反らした。自分の奥深いところが光り輝いているようだった。彼に突かれるたび、甘美な悦びがそこに生まれる。未知の大きなものに向かって、二人は手を携え駆けのぼった。やがて混じりけのないオーガズムが彼らを揺るがし、炸裂した。

そしてマディは直感した。紛れもない真実を肌で感じた。ジャックが誰かに対して嘘をついたことは一度もない、と。それはすなわち、マディの世界ががらりと変わることを意味していた。

新しい世界はこれまでよりも広くて深い。波乱含みで、何が起きるかわからない。今よりはるかに危険だ。

予測される危険度はたった今、急上昇して屋根を突き抜け——星々に紛れて見えなくなった。

11

ジャックはマディの髪に鼻先を埋め、信じられないほどなめらかな彼女の背中を撫でていた。腕の中でマディが身じろぎをし、体を擦り寄せてくる。鎖骨に軽くキスされただけで、ジャックはよみがえった。またしても石のごとく固くなったそれが、マディの腿にあたる。

マディが物憂げな声でくすくす笑った。「まったくもう。疲れを知らないんだから」

「どの口が言ってる？」

「あなたのせいよ。前はわたし、こんなふうじゃなかったわ」

「こんなふうとは、どんなふう？」

羞じらいを含む声でマディが笑った。「わかるでしょう。盛りのついた雌ネコみたいにあなたに飛びついて服を剥ぎ取るとか。あなたに目覚めさせられたんだわ」

その言葉はジャックを喜ばせ、同時に興奮させもした。彼のものがいちだんとたくましくなる。マディが小さく声をあげて体勢を変えると、それへ手を伸ばしてそっと撫でた。そして、強く握った。

「チタンみたい」小さくつぶやく。「もう一回？」

「きみに負担をかけすぎるのは不本意だ」

「わたしのことならご心配なく。お気遣いありがとう」

マディは彼の向こう側のサイドテーブルへ身を乗り出すと、コンドームを探り当て、パッケージを破った。「用意周到ね」

「入れたのはぼくじゃない。デリラだ。彼女のちょっとしたジョークだよ。ぼくはもっと積極的になるべきだというのが彼女の考えらしい。それでぼくがここへ来るときはいつも、引き出しをコンドームでいっぱいにしておくんだ。そして、それをネタにしてぼくをからかう」

「面白い人ね。お節介だし、ちょっと失礼だけど、でも面白いわ」

「うん、デリラはただ者じゃない。ぼくもここへ来るようになって長いから、すっかり気心も知れて……ああ」ジャックは息をのんだ。コンドームを固いものにかぶせたマディが、それをきつく握り締めたままゆっくりと手を上下させはじめたのだ。「ああ……マディ」

「力が強すぎる？」絶妙なひねりを入れながらマディは手を動かす。ゆっくりと上へ……

また下へと。

「ペースを落としてくれ。さもないと我慢できなくなる」くぐもった声でジャックは言った。

「我慢しなきゃだめ。わたしの留まるところを知らない欲求を満たしてからにしてもらわないと」

「明かりをつけてもいいかい？　きみのすべてを見たい」

マディは一瞬だけためらったが、うなずいた。ジャックはベッドサイドの明かりをつけた。いちばん控えめな設定だ。キャンドルのような柔らかな光。二人は微笑みを交わした。

「満足？」マディが訊いた。

「最高だ」ジャックは声に力をこめた。「今すぐ、留まるところを知らない欲求を満たしてあげよう」

マディは笑った。「今すぐによ」楽しげに言うと、引き締まった脚の片方をさっと上げてジャックにまたがった。しなやかに身をくねらせながら高まりをしばらく撫でさすっていたが、やがて背中を起こすと、ゆっくりそれをみずからの内へと導いた。

マディが腰を沈め、深く迎え入れた瞬間、ジャックの息が止まりかけた。この熱さ、きつさ、しなやかさ。まとわりつく、この感覚。

マディが片方の手をつかんで自分の下腹部に置いた。「もう一度わたしに触れて。ホテルのキャビンでしたみたいに」喘ぎ喘ぎ言う。「あのとき、すごく気持ちがよかったの」

ああ、お安いご用だ。

マディがジャックにまたがり、乳房を揺らして身を弾ませる。こちらは柔らかな襞のあわいの敏感な突起を愛撫する。この世の楽園とはこれのことだとジャックは思った。マディの顔は汗ばみ、紅潮している。歓喜をたたえた目を眩(まぶ)しそうに細めている。なんという美しさだろう。早くも彼女の最初のオーガズムがやってきた。明かりをつけておいてよかった——頭をのけぞらせて激しく喘ぐマディを見られてよかった。甘く艶(なま)めかしい呻き声もいい。

ジャックは手を休めなかった。マディはまた達した……そして、また。ぐったりとジャックに覆いかぶさったマディは、言葉ではなく体で要求した。次はあなたも一緒に行くのよ、と。大爆発を見に、地の果てまで。

いいとも。ジャックはマディを抱きかかえ、突き上げた。深い律動のうねりはしだいに高まり……二人同時に高波にさらわれた。しばらくして、どこか遠くの岸に打ち上げられたときには、どちらも放心状態だった。

やがてマディが頭をもたげた。「指一本動かしたくない気分よ。でも、そのコンドームをなんとかしないと」

「うん、そうだな」

マディが体を離すとジャックはそれを持ち、バスルームへ行って処理をした。顔を洗いながら、不合理な不安に襲われた。目を離しているあいだに彼女が消えてしまうのではないかと。これほどすばらしい出来事が、尾羽うち枯らしたこの身に起きているのが信じられなかった。ケイレブ、マーカス、エレインにどう思われているかわかっているだけに、自分が本当に盗みを働いているような気になってくるのだった。盗んだのは、金や知的財産よりはるかに貴重なものだ。

バスルームを出たジャックは、しばし立ち尽くした。マディの笑顔があまりに眩しかったのだ。知性あふれる琥珀色の美しい瞳が、まばゆいばかりの光をたたえている。

それから彼は、ふと思い出した。ホストとしての自分の役割を。「そうだった、夕食を作ったんだった。すっかり忘れていたよ」

マディが目を見開いた。「大変。焦げついてないかしら」

「大丈夫、あとはテーブルに並べるだけだ。お腹、減ったかい?」

「こんな時間に食べるの?」

ジャックは時計を見た。「真夜中の宴だ。いいじゃないか」

「シャワーを浴びたらすぐ行くわ。やっと食欲が湧いてきたみたい。別の欲はずいぶん前から湧きっぱなしだったんだけど」

「いつから？」興味をそそられてジャックは尋ねた。

「聞きたい？」マディは軽く笑った。「あなたがケイレブと一緒にうちの湖の家へ来たときのこと、覚えてる？　あなたたちが高校を卒業した夏だったわ」

ジャックの口がぽかんと開いた。「まさか、あのとき？　きみはまだほんの子どもだったじゃないか」

「そうでもないわ。あと少しで十四になる頃だったもの。ハンサムな男性のたくましい水着姿を意識するにはじゅうぶんな年よ。その人に恋い焦がれるのにも」

「そうだったのか……」ジャックは困惑した。「まったく気づかなかった」

ぎこちない間が空き、それを払うようにマディが手をひらひらさせた。「ごめんなさい。あなたを困らせるつもりはなかったんだけど。十三、四の小娘にそんな目で見られていたなんて、気持ち悪いわよね」

「違う。気づかなかった自分に呆れているんだ」

「それでよかったのよ。気づかれたら、恥ずかしくて死んじゃってたかも」

「今は恥ずかしくないいんだ」

「全然」マディが意味ありげなまなざしをジャックに向けると、その体が予想どおりの反応を示した。

マディは笑いながらジャックのジーンズを拾い上げ、投げつけた。「それより、早くごちそうを食べさせて」

「そうだった。先にキッチンへ行ってるよ」

マディはバスルームへ消えた。肩越しに投げられた魅惑的な笑みに一瞬ぼうっとなったジャックだったが、気を取り直すとキッチンへ急いだ。

仕上げは簡単だった。バーベキューソースに漬けておいたリブをホイルに包む。オーブンに突っ込む。鉄製の大きなスキレットに、スパイスを振ったポテト、ピーマン、赤玉ねぎを並べる。そこへペッパージャックチーズを一つかみ投入。サラダ用の葉野菜をビネグレットソースで和(あ)える。地ビールを二本、冷蔵庫から出す。

「危険なライフスタイルね」マディのからかう声が後ろから聞こえた。「上半身裸でお料理？　せめてエプロンぐらいつければ？　その引き締まった筋肉の上にエプロンって、倒錯的で卑猥(ひわい)でしょうね」

「ベーコンを焼いてるわけじゃないし」ジャックは笑った。「それに、きみのおかげで体温が二、三度上昇したみたいだ。全然寒くない」

「それはわたしもよ」キッチンへ入ってきたマディはジャックのTシャツを着ていた。ずり落ちた襟ぐりから金褐色の肩が覗いている。「Tシャツ、勝手に借りたけど、よかったかしら」

「そんなTシャツでも、きみが着るとすごく素敵だ」

マディがにっこりと笑った。その笑顔にジャックは、自分の名さえ忘れそうになるほど心を奪われたが、苦心して意識を軌道修正した。「ええと……もしよければビールがある」彼はボトルを掲げた。「なかなか美味い地ビールだよ。それともワインがいいかな。白でも赤でも好きなほうで」

「ビールにするわ」彼女はボトルを受け取った。

テーブルセッティングはできていたから、あとはホイルを開いて、柔らかく焼けた熱々の肉を大皿に移すだけだった。ジャックは、ジュージューと音をたてるポテト、ピーマン、赤玉ねぎのスキレットとサラダボウルをテーブルに並べ、ビールの栓を抜いた。「ぼくたちに乾杯」

ボトルをかちりと合わせて、二人はビールを飲んだ。

「ほんとに美味しい」マディが満足そうに息を吐いた。「お料理もすごく美味しそうな匂い。いつもありがとう。わたしも料理は苦手じゃないけど、誰かに作ってもらうのって最高」

「喜んでもらえて嬉しいよ」

どちらもむさぼるように食べた。十代の頃以来、これほどの食欲を感じたことがあっただろうかとジャックは思った。ようやくペースが落ちて目を合わせたときには二人とも、どこかばつが悪そうな顔をしていた。

「こんなにがつがつ食べるのって、生まれて初めてかもしれない」

「お互い、よく動いたから」

「毎日がこんなに楽しいなんて、なんだか信じられないわ。ずっと肩を怒らせて、ぴりぴりしながら生きてきたのよ。そこへ突然あなたが現れて、固い心をほぐしてくれた」

「きみだって、ぼくに同じことをしてくれた」ジャックは率直に言った。「きみと出会って、ぼくはちゃんと息ができるようになった。人生で最良の出来事だ」

「それはわたしも同じ」マディがビールのボトルを掲げて言った。「真実に乾杯」

「真実に乾杯」ジャックも繰り返した。

ボトルを合わせ、傾けるうち、おかしな考えがジャックの頭に浮かんだ。「初めて、自分の不運にも意味があったのかもしれないと思えてきたよ。大局的に見れば」

「どういうこと？」

言葉にする前に、じっくり考えなければならなかった。「もしも九年前に悪いことが起きなかったら、今ごろぼくはここにはいない。きっと業界の大物になり、ケイレブと一緒にバイオスパークを経営していただろう。会社は当初の十倍にも成長していただろう。そうしておそらく、ガブリエラと結婚していただろう。あんなことになる前に、すでに指輪を渡してあったから」

「指輪？　彼女、あなたを捨てたあと、それを送り返してきた？」

ジャックは唇を歪め、かぶりを振った。「まさか。彼女はそんなことはしないよ」

「がめついわね。女の面汚しだわ」

「ぼくが言いたいのは、こういうことだ。あのまま行けば、七、八年前に彼女と結婚して、今ごろは子どもが二人ぐらいいたかもしれない。そっちの道を進んでいたら、ぼくは今、このキッチンで、ぼくのTシャツを着たマディ・モスと真夜中の宴を繰り広げてはいなかった」

「Tシャツしか着ていないマディ・モスと」

とたんにジャックの股間が固くなった。「本当に？」

「本当に」マディは焦らすような手つきでTシャツの裾をちょっと持ち上げ、麗しい翳りをちらりと見せた。「だから、とりあえず考えるのはやめて。細かい話は、あとでいいじやない」

「ああ……うん。とにかく、悪夢のような出来事を経ずにはここへたどり着けなかったんだとしたら、あれも無駄じゃなかったなと。ここで、こうやって、きみといられること。きみがこんな気持ちにさせてくれること」ジャックは肩をすくめた。「それはぼくにとって何より価値あることなんだ。どんな犠牲を払ったってかまわない」

「ああ、ジャック。そう思ってくれるのはとても嬉しいわ。でもね、なんのためであれ、もうあなたに犠牲は払ってほしくない」

「しかたのないことなんだ」悟ったような口調になった。「自分で選べるわけじゃないんだから」

マディが唇を噛み、何か考え込むように茶色い眉のあいだにかすかなしわを刻んで彼を見つめた。

「わたしはそうは思わないわ。人生は選択の連続なのよ。このドアを開けるか、それともあちらにするか、常にわたしたちは選んでいる。どれを選んだって、いいことと悪いこと、両方が待ち受けているの。あなたがガブリエラと結婚して子どもができていたとするわね。その後なんらかの理由から彼女とうまくいかなくなったとしても、あなたには可愛い子どもたちがいる。だから彼女と結婚した意味はあったと、あなたはきっと思う。どんな試練が降りかかろうと、子どもたちがいてくれるなら無駄じゃなかったと」

「きみの言うとおりかもしれない。だが、それは現実の話じゃない。現実のぼくは、ガブリエラ・アドリアニと結婚しなくてよかったと、それはもう信じられないぐらい強く思っている」

マディの長い睫毛が伏せられ、瞳が隠れた。「わたしもよ」

「可愛い子どもたちがいると想像するのは楽しい」ジャックは続けた。「でも、その子たちのそばにいてほしいのはガブリエラじゃないんだ」

マディが軽くこちらを睨んだ。「ジャック、先走りすぎ」

「そうかもしれない」彼は認めた。「すまなかった。きみはぼくに対してそれぐらい影響力を持っているんだ」

マディは手を払うしぐさをした。「ときどき考えたものよ。たとえば母があの日、あのヨットに、乗らずにいたらって。そうしたらわたしの人生は変わっていたかしらって。でもね、母のことだから、いずれはわたしを祖母に預けていたに違いないのよ。小さな子どもがそばにいる状況に飽きたら。それで、わたしはやっぱりコンプレックスを抱えることになったと思う。自分自身にしか興味のない母親に、なんとかして振り向いてもらおうとがんばる人生だったでしょう。でも実際には、わたしは祖母に育てられた。祖母はわたしに、わたしの可能性に、興味がありすぎるぐらいある。要するに、どっちもどっちということよ」

「運命づけられていることもあると思わないか？　親になるかならないか、誰を愛するか、いつ死ぬか、そうした大きな出来事は運命で決まっているのかもしれない」

マディは首を振った。「そうは思わないわ。偶然と選択。両者が予測不可能な混じり方をした結果でしょう」

偶然、選択、運命。それらについて考えだすと、自分とマディのあいだにもし子どもが生まれたらと、ジャックは想像せずにいられなかった。どんな顔、どんな性格をしているだろう。

〝ペースを抑えろ、ジャック。ゴールはまだ遠いぞ〟父のしゃがれ声が聞こえた。

マディが立ち上がり、ゆっくりとテーブルを回り込んできた。「ジャック」

「うん？」

「わたし、避妊インプラントを入れてるの」彼女はそう言った。「それに、最後に受けた検査ではなんの病気にも罹っていなかった。あなたは？　検査は受けてる？」

彼女が何を言おうとしているのか察したとたん、ジャックの心臓が文字どおり跳ねた。

「ああ、まったくの健康体だ。でも、本当に？　本当にぼくをそこまで信用してくれるのかい？」

マディはとびきりの笑顔を見せた。「ええ。あなたは間違いなく信用できる人だとわかったから」

「どう言えばいいのか……言葉が出ないよ」

マディがジャックの手を取り、Tシャツの下へ導いた。なんというなめらかな肌。この柔らかさはまるで花びらのようだ。

「何か言ってなんて頼んでないわ」彼女は囁いた。「ただ触れてくれればいいの」

ジャックは、密やかな襞に指を這わせた。的確に動く指先が円を描き、揉み、撫でさすると、マディが切なげに喘いだ。いくらもしないうちに二人は転がるようにベッドルームへ戻り、激しいキスを交わしはじめた。

ジャックは一瞬だけ体を離すとスウェットシャツを脱ぎ捨て、マディのTシャツを剥ぎ取った。そうして彼女もろともベッドに倒れ込んだ。どちらもあの感覚を、二人がひとつに融け合う魔法を、激しく求めていた。新たに何かが始まるような、可能性が無限に広がっていくような、あの感覚。ジャックはもはや中毒になっていた。

互いの体にしがみつき、高まるうねりに身を任せる。強烈な快感が二人を揺るがし、あらゆる思考を奪い去った。言葉も時間も存在しない、理想郷がそこにはあった。

覚醒したとき、ジャックの瞳は濡れていた。早くも感じ取ってしまったのだ。この奇跡を、冷酷な現実が侵害しようとしていることを。それはあらゆる方向から迫ってこようとしている。

隣でマディが身じろぎをして頭を持ち上げ、眉をひそめた。「ジャック？ 大丈夫？」

「ああ」

「じゃあ、なぜそんなにつらそうな顔をしているの？」

ジャックはかぶりを振った。口に出してしまうと、危険をいっそう近くへ招いてしまうような気がして言えなかった。だがマディは彼の胸をたたいて食い下がった。「話して」

ジャックはため息を漏らした。「ケイレブとエレインに無実を信じてもらえるだけの確かな証拠――それが見つからない可能性だってじゅうぶんある。そのときはどうすればいいのかと考えてしまった」

「そうなったときに考えればいいのよ」

「いや、前もって考えておくべきだ」

「もっと前向きな考え方をしないと。二人で立ち向かえば、きっとなんとかなるわよ」

ジャックは顔をしかめた。「どんな考え方をしようが同じだよ。貴重なものは一度失ったらおしまいなんだ。親、祖父母、会社、恋人、名声、キャリア……なんであれ、消え失せてしまう。失って、悲嘆に暮れて、やがてそれなしで生きていく術を覚える。だが、以前に比べればちっぽけな人生だ。その人生がずっと続く。すべての物事には結果があり、それは覆せるものじゃない。きみはまだ経験したことがないからわからないだけだ。エレインは高齢だ。仲違いすればきみは必ず後悔する」

「祖母は普通の高齢者とは違うわ」マディの口調は激しかった。「本当にわたしのことを思ってくれているなら、歩み寄れるはずよ。何もできない弱々しいおばあちゃんじゃないの。なんだって自分で決められる強い人なんだから」肘をついて上体を起こすと、光る瞳でジャックを見つめた。「あなたと生きる人生がちっぽけだなんて、わたしは絶対に思わない」

「本当にそうなら、どんなにいいだろう」

マディが大きく手を振り払った。「ねえ、何が言いたいの？　わたしたち、間違いを犯した？　あなたの気が変わった？　わたしとこんなことになって後悔している？」

「まさか。どんな犠牲を払ってもそれだけの価値はあったと言っただろう？　あれは本当だ。ぼくはただ、きみにまで犠牲を払わせたくないだけだよ。きみにつらい思いはさせたくない」

「お気遣いはありがたいけど、自分の選択の責任は自分で取れます」マディは言った。

「ね、きっとなんとかなるわよ、ジャック。わたしが台本を書きかえるわ」

ジャックは小さく笑った。「簡単に言うね。さすがはモスだ。視野に入るものすべてを意のままにすることに慣れている。ケイレブも同じだな」

「そんなふうに思ってる？　スザンナ・モスの娘であることはそんなお気楽なものじゃなかったのよ、ジャック。父親の姓を名乗れないどころか、それを知らないんだから。ブルースがわたしに面と向かって言ったのを覚えてる？　出自を大目に見てやると彼は言ったのよ。トレイナーの名を与えてやるから感謝しろって」

「最低な野郎だ」ジャックは吐き捨てた。

「同感よ。でも今はそれは置いておくとして。人間、人より秀でるために必死にがんばらざるを得ない境遇に置かれたら、心がねじくれるものよ。そんなふうにわたしたちを育てた祖母は、今になって後悔している。孫たちが恋人も作らず仕事に打ち込んできたのは自分のせいだって。だからこんなばかげた結婚命令を出して、埋め合わせをしようとしているわけ。これまではわたし、祖母に監視されコントロールされることに甘んじてきた。大好きな祖母だもの。でもね、きょうだい三人とも、それぞれの意味あいにおいてあの人に人生を台無しにされたのは確かなの」

「きみほど完璧な人はいないとぼくは思うけどな。運命の女神に祝福された人だ。頭脳も性格も容姿もすばらしい。人を惹きつける個性とユーモアのセンスがある。度胸、優しさ、セクシーさ、運。全部持っている」

「そう言ってもらえるのは嬉しいけど、でもそれならあなただって、全部持っているじゃない」

「運はないよ」ジャックは顔をしかめた。

「あら、そうなの？」マディがまた上へ乗ってきた。「本当に？」下半身へ手を伸ばすと、痛いほどに張りつめたものをそっと握り、愛撫しはじめる。「わたしの目を見て、ぼくには運がありませんと言ってみて」

ジャックは口を開こうとした。が、そのときマディがうずくまり、熱い口の中へ彼を誘い込んで……もう、しゃべるどころではなくなってしまった。

12

明け方のほのかな光をまぶた越しに感じた。マディは、ふわふわと宙に浮いているような気分だった。柔らかくしなやかに、重力から解き放たれて。そうして目を開けると、隣にジャックがいた。

では、あれは夢ではなかったのだ。

ジャックの寝顔の端整なことといったら、見ていて胸が苦しくなるほどだった。わずかに伸びた無精髭、きれいなカーブを描く黒い眉、笑ってしまうぐらい濃い睫毛。セクシーな口もとからは力が抜けていて、学生時代のジャックみたいだ。今の彼は、起きているときいつも固く唇を結んでいる。世間からぶつけられる何かに対して、常に身構えているかのように。

目をうっすら開けたジャックが、にやりと笑った。「これは本物のマディかな？」眠たげなかすれ声。「それともぼくはまだ夢を見ているのか？」

「本物よ。そのうちわかるわ、わたしがファンタジーの登場人物じゃないってこと」からかうようにマディは言った。「生身の女だから欠点だっていっぱいあるの。時間さえあればあなたにも見えてくるはずよ」

「時間はいくらでもある。ぼくたちは永遠に一緒なんだから」

マディは睫毛を瞬(しばたた)かせて目を見開いた。「ちょっと……」

「しまった」ジャックはつぶやくと、ごろりと仰向けになり手で目を覆った。「また勇み足だ。そうだろう？　先走りすぎてるんだろう？」

「少しね」マディは認めた。「だけど、それはいいの。ただ、あなたの言い方が……あまりに真剣で」

「わかってる」ジャックは顔をしかめた。「だが、軽く考えるのは難しい。昨夜を境に、これからもっと難しくなりそうだ」

「それはそうかもしれないわね」マディは身を乗り出して時計を見た。「もうこんな時間。ずっとあなたとベッドで過ごしていられたら何よりだけど、今日は五時からエヴァの結婚式よ。場所は山の上の〈トリプルフォールズロッジ〉。ホテルは予約済みだけど、もう動きださないと間に合わなくなる」

「いったんシアトルのきみの家へ戻ってから向かうのかな」

「先週のドレスを使い回せば、その必要はないけど」

ジャックの目が輝いた。「ブルーのホルターネックドレス？」

マディは笑った。「よっぽど気に入ってるのね」

「あのドレスは本当にいい。あれを着たきみはオリンポスの女神みたいだ」

「じゃあ、決まり。しわくちゃというわけでもないし、シアトルの家には寄らないわ」マディはきびきびと言った。「それでも、ぐずぐずしていられないわよ」

「シャワーを浴びてくるといい。そのあいだにコーヒーをいれておくよ。朝食はどうする？」

「どこか途中で簡単に済ませましょう」

二人がシャワーを浴びて身支度をし、まとめた荷物を戸口に置くのに一時間もかからなかった。マディはコーヒーをすすりながら昨夜の宴のあとを見回した。情熱の嵐に巻き込まれて、後片付けをすっかり忘れていた。「このまま出かけるわけにはいかないわよね？」

「大丈夫だ。デリラにクリーニングサービスを入れるよう頼んでおいたから。ここは彼らに任せて、出発しよう」

最初は自分が運転するとジャックが主張し、ガソリン代も払うと言って譲らなかった。けれどそうした最低限のやりとりが済み、車がハイウェイを走りだすと、彼は沈黙した。

これまで二人のあいだに沈黙が流れたことは何度もあった。でもこの沈黙は、昨日のそれとは種類が違う。昨日一緒に森を散策したときは、心と心が通じ合い、感動を共有できていたから言葉などいらなかったのだ。

今のこれは、壁だった。マディは何度か会話しようと試みたが、失敗に終わった。とうとう思い切って訊いてみた。「ねえ、いったいなんなの？」つい、口調が強くなる。

「え？」ジャックは戸惑ったようにマディを見た。「どうした？」

「なぜ黙りこくってるの？　わたし、何かあなたを怒らせるようなことをした？」

ジャックはぎょっとした顔になった。「とんでもない！　昨夜はぼくにとって人生最高の夜だった。きみはすばらしいよ」

「だったら何が問題なの？」

今度は怯えのような表情が浮かんだ。「それ自体が問題なんだ、マディ。昨日があまりにすばらしかったことが」

マディは目を険しく細めた。「わけがわからないわ、ジャック。ちゃんと説明してくれないと理解できない」

「どう言えばいいのか」ジャックは首を振った。「きみと過ごす時間は……ぼくにとっては魔法のシャボン玉か何かに入っているようなもので、そのシャボン玉がもうじき弾けて消えようとしている。これから現実の世界へ戻っていくんだと思うと、緊張するんだ。それだけだよ。だから気を悪くしないでほしい」

マディは手を伸ばして彼の膝をそっと押さえた。「わたしのシャボン玉は弾けないわ。あなたを信じているもの、ジャック」

ジャックがマディの手に自分の手を重ねた。「ありがとう。だけど変な感じだよ。今日これから自分がどちらの役を演じるべきか、よくわからないんだ。きみを弄ぶ悪党になってみんなをぎょっとさせるか、それとも……」

「それとも？」

ジャックはため息をついた。「本当にどうしようもなくきみに恋している男でいるか。つまり、本当にきみと結婚しようとしている男——毎晩夜どおし、一生、きみとセックスしたいと願っている男。いったいどちらになればいいのか、混乱しているんだ」

こわばった彼の横顔をマディは長いこと見つめていた。跡が残りそうなほど強く彼の腿に指を食い込ませているのに、ジャックはそれにも気づいていないようだった。

確かに、ジャックの言うとおりなのだ。二人は今、岐路に立っている。マディの心が、野生馬の群れのような勢いでまっしぐらに自身を引っ張っていこうとしている先にあるもの——それは客観的に見れば断崖絶壁だ。突き進むことは自殺行為に等しい。言葉を尽くしても理解してもらえそうにない人たちに、いったいどう説明すればいいのか。

残る選択肢は、一時的に自分の心を閉ざすことだろう。曖昧な立ち位置で息を潜め、無味乾燥な日々に耐えるのだ。

「ぼくたち二人の意識の問題なんだよな、結局は」ジャックは考えを巡らせている。「どちらのシナリオを採用したって、ぼくたちのふるまいは同じなんだ。しかし昨夜のことがあった以上、自分にとっての紛れもない真実を誤魔化すのは耐えられない。ありのままのぼくたちでいたい。普通の感覚を持った普通の人たちと同じように、自分の感情に正直でいたいんだ。このジレンマ、わかるかい？」

「わかるわ」この瞬間、おのずとマディの結論は出た。「わたしたち、正直でいるべきだと思う。感じるままに感じて、それに従ってふるまうのよ」

ジャックが眉間にしわを寄せた。「漠然としすぎていて、よくわからないな。もっとはっきりさせてくれないか」

「はっきりさせるって、どうやって？　どうすればいいの？　お互いに声明を発表でもする？」

「それは名案だ」ジャックは即座に言った。「きみさえよければ」

「かまわないけど」マディは曖昧に答えた。「はっきりさせるのは悪いことじゃないもの」

ジャックは無言でウィンカーを出すと、出口ランプへ向かった。ハイウェイを降りた車は脇道へ入った。小川に沿ったアルファルファ畑を突っ切る道だった。

ジャックが路肩に車をとめた。茂った草が車体の下を擦る音がする。「さあ、行くぞ」

「こんなところでいったい何をしようっていうの？」

眩しいほど明るい笑顔でジャックは答えた。「はっきりさせるんだよ」

降り立ったジャックはマディの手を取ると、ずんずん畑の中へ入っていった。ため池があり、そばに一本、しだれ柳が生えていた。足もとは雑草とガマに覆われた沼地だ。柵の向こうの牛たちが、なんだろうというような顔でのんびりこちらを眺めている。

「ねえジャック、どうしたの？」マディは困惑し切っていた。

「これがあったからここにした」彼は柳を示して言った。「この宣言をするのにふさわしい舞台を探していたんだ。急だったからこれが精いっぱいだ。いくらなんでもハイウェイを走りながらというわけにはいかない」

「そういうことだったのね……」マディは言いよどんだ。「でも……ここまでしなくてもよかったのに」

しかしジャックは怯(ひる)まなかった。「マデリン・モス、今のぼくの身上書はさんざんだが、心は完全にきみのものだ。きみのすべてを、ありのままのきみを、心から愛している」そう言うと濡れた草の上にひざまずいた。「指輪がないのが残念だが、これがぼくの正式な意思表明だ。互いの命が尽きるまで、きみを愛することを許してほしい。お願いだ。結婚してください」

マディの目に涙があふれた。彼に取られていないほうの手で、わななく口もとを隠す。心臓がすさまじい速さで打っている。「普通は……普通のカップルは、ここに至るまでもう少し時間をかけるんじゃないかしら」

「普通はね。でも、ぼくたちの境遇は普通とは言いがたい。それに、思い切ることもときには大事だ」ジャックは彼女の手にキスをした。「みすみすチャンスを逃すことはない」

マディは、自分の手を包む温かい手を見た。自分に熱い視線を注ぐ美しい目を見た。その目は期待と希望をたたえて眩しく輝いている。さながら太陽のように。

「あなたって本当に変わってるわ、ジャック」マディは囁いた。

「きみだってそうとう個性的だよ、マディ。ベッドでの相性を抜きにしても、ぼくたちはなかなかいいチームになれそうじゃないか」

マディはプロポーズに返事をしようとした。でも、どうしても言葉が出てこなかった。

そのときジャックが、にっこりと微笑んだ。「いいんだ」彼は優しく言った。「今すぐ答えてくれなくてもいい。急だったからね。ぼくの頭がどうかしたんじゃないかと思っただろう。続きはまた今度にしよう。いつになろうとぼくの気持ちは変わらないよ」

ジャックはもう一度マディの手にキスをすると立ち上がり、ジーンズの膝についた泥を払った。「行こうか。結婚式に遅れたら――」

「イエス」唐突に声が出た。

ジャックが訝しげに目を細めた。「結婚式に遅れたら困るって意味？」

「違うわ。イエス、わたしたち、ベッドでの相性がいいわ。イエス、わたしたち、いいチームになれるわ。イエス、思い切ってやってみるのは大事よ。イエス、イエス、全部、イエス」

ジャックの顔がぱっと明るくなった。抱き合った二人は、世界の命運がこれにかかっているとでもいうように、熱烈に唇を重ねた。柳の枝葉がそれを見守りながら揺れている――

ブー！　ブッブー！

ぎょっとして二人はあたりを見回した。緑色の古ぼけたピックアップトラックが、アスファルトのでこぼこ道をのろのろと通過していくところだった。運転しているのはキャップをかぶった老人で、助手席の妻らしき女性はヘルメットそっくりの髪型をして、厳めしい教師を思わせる眼鏡をかけている。老夫婦は嫌悪もあらわにこちらを睨みつけていた。

運転手は停止しそうなところまで速度を落とすと、もう一度、ブーーッとクラクションを長く鳴らした。しかめ面のまま妻が夫に何か言葉をかけたのを最後に、トラックは速度を上げ、走り去った。

「ここの持ち主かもしれない」ジャックが言った。「引き上げよう。続きはトリプルフォールズロッジの部屋でだな。どこで中断したか覚えておかないと」

「あてにしてるわよ」

「これは現実だね？　ぼくは、夢を見ているのでも幻覚を見ているのでもないね？」

「わたしはイエスと言ったわ。はっきりと言った。正式に声明を発表したのよ、わたしたち二人とも」

泥を踏み草を分けて車へ戻るあいだも、手を繋ぎ見つめ合う二人の頬は緩みっぱなしだった。運転席に座ると、ジャックはマディを見て言った。

「ふわふわ宙に浮いてるみたいな感じがするよ。足が地面から一メートルぐらい離れてるみたいな」

「注意散漫はだめよ。わたしが運転する？」

ジャックは笑いながらエンジンをかけた。「いや、まだ大丈夫。それにしても、こんな気分になったのは本当に久しぶりだ。いや、きっと初めてだな。空が割れて栄光の光が降りそぎだしたような気分だ」

「わたしも同じよ」マディは、そっと言った。

車がふたたびハイウェイを走りだすと、マディはラジオをつけた。ジャックハマーの歌の前奏が聞こえてくる。《ブリング・ザ・ブリング》だ。

「そうだ、指輪だ」ジャックが言った。「正式に婚約しているカップルとしてエヴァ・マドックスの結婚式に参列するのに、きみの指には指輪がない」

マディは肩をすくめた。「サイズ調整してもらってるとかなんとか、適当に言い訳するわ」

「〝サイズはぴったり〟ってハッシュタグをつけたんじゃなかったか」

マディはもう一度肩をすくめた。「誰も気にしないわ。もうわたしたち、芝居をするんじゃないのよ。本物っぽく見せなきゃと思う必要はない。本物なんだから。誰にどう思われようと気にすることないわ」

「まあ、どうしたって、いろいろ思われるのは間違いないな」

沈黙が降りると、曲の歌詞が急にはっきりと聞こえはじめた。深い響きのハスキーなバリトンが、強いビートに乗せて言葉を繰り出す。

嫌わば嫌え
おれはおれの道を行く
切ろうが刺そうが唾を吐こうが好きにしろ
おれの指輪の輝きは変わらない
何があろうと金ぴかだ

ジャックのまとう空気が変わるのをマディは感じ取った。太陽が雲の陰に隠れたかのようだった。重ねられていた手が離れ、ウィンカーを操作する。トラックを追い越したあとは、手はずっとハンドルを握っている。もう、ここへは戻ってこない。

手が寂しがっている。彼に触れてほしいと望んでいる。

自分たちは敵陣のまっただなかへ突っ込んでいこうとしているのだ。現実の世界へ。強固な意見と先入観を持つ人たちの中へ。嫌わば嫌え。わたしたちはわたしたちの道を行く。何があろうと。

けれどジャックは恐れている。そんな彼を、責めることはできなかった。

13

「最高にきれいだ」まだ裸でベッドに寝そべったままジャックは言った。

壁に取りつけられた大きな鏡の前で、マディがゆっくりと体を回して自身の姿を点検している。おかげでジャックは、淡いブルーのホルターネックドレスを着た彼女をあらゆる角度から堪能できる。

知り合いに会うことなくトリプルフォールズロッジのこの客室まで来られたのには、ほっとした。結局は全員と顔を合わせなければならないのはわかっているが、今はまだ、この幸せな気分を手放したくなかった。

これほどの幸福感も、じきに冷たい言葉や嘲りに粉々にされてしまうのだろう。そうしていつものように、無実の罪を背負わされた者の恥辱を噛みしめることになる。理不尽さへの怒りと共に。

いや、だめだ。マディのそばで、毒にしかならない感情を垂れ流すわけにはいかない。

彼女を巻き込んではいけない。彼女は奇跡のような存在なのだから。

「早くシャワーを浴びて」マディが言った。「もう時間がないわよ」

「まだ動けないいんだ」ジャックはのんびり応じた。「きみに生気を全部吸い取られて、くたくただよ。それに、身支度中のきみは美しすぎる。目を離せるわけがない」

「もう」マディは妖艶な微笑を浮かべ、光る石が下がる大ぶりのピアスをつけた。続いて、リボンにスクエアカットのアクアマリンがあしらわれたネックレスも。艶やかな金茶色の肌の上で、宝石が照明の光を反射してまばゆく煌めいている。それから彼女は、たっぷりとしたカールを高いところでまとめてフレンチロールにすると、アクアマリンのクリップを留めた。

ギリシャ神話の女神のようだとジャックは思う。細かいプリーツの入ったスカート部分は完璧な脚の形に沿い、カシュクールスタイルの身頃がたわわな乳房をゆったりと包んでいる。ブラジャーはつけておらず背中も大きく開いているが、マディは肩にショールを羽織った。裏地がドレスと同じ淡いブルーで、表側はもっと濃い、藍に近い色のショールだった。

「五分以内に支度しないと、わたし一人で行くわよ」警告する口調でマディが言った。

ジャックはしぶしぶベッドから出たが、自分の裸をマディが眩しそうに眺めるのが痛快だった。「すぐ終わるよ」

「ねえ、気が進まないなら無理しないで。どうしてもあなたが出なきゃいけないわけじゃないんだから」

「でも、約束したじゃないか。ぼくたちは契約を交わした」

「最初にね。あのときは、祖母にショックを与えるために芝居をする計画だった。でも、今は違うわ。だから今日、みんなと顔を合わせる気になれないなら、あなたは行く必要なんてない。式が終わってから落ち合いましょう。それでいいから――本当に」

一瞬だけ心が揺れたが、ジャックはかぶりを振った。「将来を誓い合ったカップルとしてスタートを切ろうという日に、ホテルの部屋で縮こまっていたくはない」

マディの晴れやかな笑顔が嬉しかった。

「だったら、急いで」

シャワーを浴びて髭を剃り、クリーランドでクリーニングに出しておいたシャツとスーツを身につけてドレスシューズを履く。すべてを記録的速さで終えると、ジャックはにっこり笑ってマディに腕を差し出した。腹のあたりに不安の塊があるのがわかるが、彼女に負担をかけたくなかった。堂々としていればいい。とびきりセクシーな美女と結婚の約束をした、世にも幸運な男として。

自分の幸運は不運よりはるかに大きいのだ。

十九世紀末に建てられたという館の階段を下りていくと、結婚式会場を示す案内板があった。花で飾られたホールの、後ろのほうの席に二人で腰を下ろす。ここなら、すぐ気づかれることはなさそうだった。ひょっとすると最後まで見つからずに済むのではないか。恐れていたような事態にはならないのではないか。そんなふうに思えてきて、ジャックの気持ちはいくらか楽になった。

板張りの壁に囲まれた広大なホールは、アーチ型の窓から入る光に包まれ、盛装した人々で席は埋め尽くされていた。花婿はザック・オースティン。金茶色の髪を短く刈り込んだ長身の彼を、そういえばずいぶん前にどこかのパーティーで見かけたことがあったのをジャックは思い出した。花とリボンで装飾されたアーチの下で、花婿と並んで立つ二人も彼の知る人物だった。エヴァの兄で建築家のドリュー・マドックスと、ヴァン・アコスタだ。どちらも、ドリューの伯父が興した大手建築事務所、〈マドックス・ヒル〉に勤務している。ドリューがCEO、ヴァンが最高財務責任者(CFO)だ。エヴァにバイオスパークのPRを依頼したことがあり、そのとき彼女を通じて彼らとも知り合った。

弦楽五重奏団の奏でるウェディングマーチがひときわ大きく響き渡ると、参列者がいっせいに後ろを振り返った。白髪のマルコム・マドックスが、片手を杖に、片手をエヴァの腕に預けて、ゆっくりと進んでくる。気難しげなしかめ面だが目を潤ませているようにも見え、しきりに鼻にティッシュを押し当てている。

エヴァは目を瞠るほど美しかった。ハニーブロンドの巻き毛が背中に広がり、顔は幸せをたたえて輝いている。均整の取れたスタイルが映えるシンプルな白いロングドレスに、ヒマワリの大きな花束。彼女も涙ぐんでいるようだ。

花嫁の後ろを歩く女性二人も並の容姿ではなかった。一目で妊婦とわかるストロベリーブロンドの女性に、ジャックは見覚えがあった。ジェンナといったか。エヴァの親友で、エンジニアだったはずだ。そういえば、ドリューと結婚したと聞いていたのだった。

背の高いブルネットの女性のほうは初めて見た。

そうか、ドリューは父親になるのか。そう思ったとたんジャックの頭は、お腹の大きなマディのイメージでいっぱいになった。同時に強い思いが湧き上がり、慌てて抑え込まなければならなかった。

今は感傷的になっている場合ではない。戦闘態勢を万全にしておく必要があるのだから。

マディがこちらへ体を傾けて耳打ちした。「ブルネットの女性はソフィーよ。長く離ればなれになっていたマルコムの実の娘で、エヴァとドリューのいとこ。去年、ヴァン・アコスタと熱烈な恋に落ちたの。最高にロマンティックな波乱の物語よ。いずれ話してあげるわ」

「それは楽しみだ」今のジャックは、ロマンティックな波乱の物語ならいくらでも聞きたい気分だった。ありったけの希望を、かき集めたかった。

式は滞りなく進み、会場は感動に包まれたが、司式者の説教も聖書の言葉もジャックの頭にはろくに入ってこなかった。花嫁と花婿の介添人たちが、愛や信頼や献身についての詩を順番に朗読しはじめた。そうしてブルネットの女性がソロモンの雅歌の一節を読んでいるとき、ドリューがジャックに目を留めた。

ドリューの笑みが消えた。顔をこわばらせ、隣のヴァンを肘で小突く。ドリューの視線をたどってジャックと目が合うと、ヴァンも表情を硬くした。

自分のふるまいしだいでは大騒ぎになり、エヴァの結婚式がぶちこわしになるのだと、ジャックはあらためて気づいた。今までは自分のことしか考えていなかった。エヴァは愛すべき友人の一人だ。大切な記念日を最悪の日にしてしまっては気の毒すぎる。

そんなことを思っていると、マルコム・マドックスもこちらを見た。パーティーや式典で彼には何度か会っている。老人はジャックを睨みつけたが、結婚式は進行し、幸せいっぱいの新郎新婦は互い以外は目に入らない。夫婦の誓いを立てた二人がしっかり抱き合い唇を重ねると、拍手喝采が沸き起こった。

エヴァとザックはキスに夢中で、歓声をあげる大勢の人の存在を明らかに忘れている。マディとキスするときの自分も、まさにあんなふうだとジャックは思った。あの二人は……自分たちがどれほど幸せか、わかっているだろうか。世界中が彼らの結婚を認めている、祝福しているのだ。

〝自分を憐れむのはよせ、ジャック。たいていの男は、どんなに夢見ようがおまえほどの運には恵まれないぞ〟

また頭の中で父のしゃがれ声がして、いつものように息子を奮いたたせた。ジャックは鎧をつけ直した。最初にこれを装着することを覚えたのは、父の急死後、預けられた里親のもとでだった。その後、裁判と、さらには地獄のような獄中生活を経て、鎧は完璧なものとなった。

胸を張り、頭を上げて、背筋を伸ばすんだ。ぼくはマディ・モスの婚約者だ。恥じることなどあるものか。防御は固めた。何が飛んでこようが受けて立つ。

しかし、ジャックだけが立ち向かえば済むのではなかった。マディもまた、矢面に立つのだ。

式が終わるとジャックは、ホールの脇にある図書室へ入った。来るべき闘いに向けて、神経を研ぎ澄ませておきたかったのだ。窓の外は絶景だった。雪を頂くレーニア山の端に日が沈もうとしている。暮れていく空が束の間、金色の輝きを帯び、鬱蒼とした木立が、急な稜線を黒々と縁取る。じっと眺めていると、気持ちが落ち着いていくようだった。

「ジャック？」

マディの声がしたので振り向いた。ホールを満たすベルエポックのシャンデリアの輝きに、彼女の優雅なシルエットが浮かび上がっていた。「そんなところで何をしているの？」

「充電しているんだ。この状況はとてつもなくエネルギーを食うからね」

マディが入ってきた。「さっき、ドリューとヴァンとマルコムがあなたを見ていたわ」

「ぼくも気がついた」

「ジャック、何度も言うようだけど、気が進まないなら――」

「マディ？　そこにいるの？」

さっと二人が振り返ると、ダークグリーンのシースドレスを着た赤毛の女性が戸口に立っていた。

「ロニー」マディが言った。「ええ、いるわよ」

「ねえ、さっき、あなたの隣にいたのって――」ヴェロニカ・モスの声が途切れた。目が暗さに慣れてジャックが見えたのだ。「まあ。やっぱりそうだったのね」

「いとこのヴェロニカは知ってるわね、ジャック？」マディがことさら明るい声で言った。

ロニーの目が当惑と懸念を色濃く宿しているのには、まるで気づかないとでもいうように。

「ああ、以前、紹介してもらったよ」ジャックも調子を合わせた。「〝細胞の秘密〟のナビゲーターをやってますよね？　あの番組は実に面白くてためになる。いつも楽しみにしていますよ」

ロニーが胸の前で腕を組み、グリーンの目を細めた。「それはどうも」そっけなく言う。

「すみませんけど、ちょっとマディと二人にしてもらえます？」

「もちろん」ジャックはそう答えたが、マディが彼の腕をつかんだ。

「だめよ」マディは言った。「話があるならフィアンセと一緒に聞くわ」

「驚いた」呆れたような口ぶりだった。「じゃあ、動画を撮っていないときもやってるの？　ねえ、知ってた？　本当ならエレインも今日、来るはずだったのよ。でも、来なかった。あなたたちの動画がショックだったのよ。なのに父ったら、何度も電話をかけて呼びだそうとするの。エレインが気の毒だわ」

「ばばさまははじめから来るつもりはなかったんじゃないかしら」マディは固い声で言った。「気の毒だけど、自分で蒔いた種だと思ってもらうしかないわね。わたしの人生はわたしのものなのよ、ロニー」

「あなたがなぜこんなことをしているのか、みんなわかってるわ。だけどこの芝居はやりすぎよ」低い、けれど熱のこもった声だった。「エレインとケイレブがどれほど悲しんでいるか。こんなの、あなたらしくないわ。ばばさまにショックを与えたいっていうのは理解できる。気持ちはわかるのよ。でも、あれだけ可愛がってもらった人を相手に最終兵器を持ちだす？」

「最終兵器、か」ジャックはつぶやいた。「なかなか手厳しい」

「だから二人だけにしてと言ったんです」ロニーは言い返してきた。「あなたの意見は必要ないから黙っていて」

「これは芝居じゃないのよ、ロニー」

ロニーが、ぎょっとした顔になった。口がぽかんと開いている。「芝居じゃない？　だったら……いったいなんなの？　どういうこと？」

「見てのとおりよ。わたしたち、婚約したの。彼は潔白よ、ロニー。濡れ衣を着せられただけ。今わたし、それを証明する手伝いをしているの」

ロニーが手で口を覆った。「嘘でしょう」彼女は声を絞り出した。「だめよ、騙されないで」

「ぼくは誰も騙してなどいない」無駄と知りながら、ジャックは言わずにいられなかった。

「彼のことをそんなふうに言わないで」マディがロニーに向かってきっぱりと言った。

「わたしの夫になる人よ。貶(けな)すのはやめてちょうだい」

「わたしたちが思っていたより、はるかにひどい状況だったわけね。あなたはエレインを懲らしめようとしているだけじゃなかった。本気で恋をしているのね。よりによってジャック・ダリーなんかに。目を覚まして、マディ！」

「ロニー、あなたはわたしを知っているでしょう」マディは説得する口調になった。「わたしを信じて。わたしはばかじゃないし、簡単に騙される人間でもないわ。ちゃんとデータを精査したの。もしあなたが調べたら、あなただって同じ結論に行き着くはずよ。お願い、疑いだけで有罪と決めつけるのはやめて。無実の証拠をきっと見つけるから。誓ってもいい、バイオスパーク・スキャンダルの真相は、世間で言われているのとは違ったものよ。わたしに説明させてもらえれば――」

「やめて」ロニーは後ずさりしはじめた。「あなたたちの妄想にわたしまで引きずり込まないで」

「でもジャックは潔白なの！」マディは悲痛な声をあげた。「誰かが彼を陥れたのよ！」

「信じられないわ……悪いけど」ロニーは走り去った。

図書室のドアが大きな音をたてて閉まり、マディの体がびくりと震えた。その熱くなめらかな肩にジャックが手を置くと、さっと彼女は身を引いた。

「ちょっと休憩しようか」手を下ろしてジャックは穏やかに言った。「しばらく部屋へ戻って」

マディはうなずいた。ジャックは彼女の背に腕を回して図書室を出ると、結婚式の列席者に出会う確率が最も低そうな階段はどこかと考えながら歩を進めた。

事はそううまくは運ばなかった。階段室まであと少しというところで、ドリュー・マドックスとヴァン・アコスタがボールルームから出てくるところに鉢合わせた。二人とも、決然とした険しい表情を浮かべている。

行く手を塞がれる格好になり、マディがすがるようにジャックの腕をつかんだ。

ジャックは心の中で何度も繰り返した。〝胸を張れ。頭を上げろ。何も恥じることはない〟

「きみがここで何をしようとしているのか知らないが」怒気を含んだ低い声でドリューが言った。「ぼくの妹の結婚式では控えてもらおうか」

「ドリュー、同伴者可ということだったから、彼を連れてきたのよ」マディが釈明した。

「ジャックはわたしの婚約者で――」

「きみもだ！」ドリューは怒りにぎらつく目をマディに転じた。「きみはエヴァの友だちだと思っていたが。エヴァと、ぼくの」

「わたしもそう思っているわ」

「ほう。それなのに、身内の醜悪なドラマをエヴァの結婚式に持ち込むのか？　それは自分本位というものだ、マディ。見苦しいぞ」

マディはよろよろと後ずさった。「ドリュー、わたしはそんなつもりじゃ――」

「そうか。きみはそんなつもりじゃなかったと言うんだな。わかった。疑わしきは罰せずだ。ただし、この男が直ちにこの場を去るならの話だが。エヴァがきみたち二人に気づく前に帰ってくれ。今日はモス一族の奇妙な力関係のことなど妹に考えさせたくはない。わかったか？」

「よくわかった」ジャックが静かに言った。「そこをどいてもらえるだろうか。そうしたら、すぐにぼくは消える」

ドリューはぶっきらぼうにうなずくと脇へ寄った。

ジャックはマディの腕を取り、引っ張った。途方に暮れたような顔をした彼女は、ふわふわした足取りで並んで歩きだした。

幸い、階段室はすぐそこだった。ドアをくぐるとジャックはすぐにでもマディを抱きしめたかったが、こらえた。鍵のかかる部屋の安心感が今の彼女には必要だった。

三階まで上がり部屋へ向かう。中へ入るとジャックはマディをベッドへ導き、並んで腰を下ろした。指を絡めて手を繋ぎ、どちらもしばらく黙ったままでいた。

マディが一度大きく身を震わせて、ようやく口を開いた。「つらかったわ。あんな思いをさせられたのは生まれて初めてよ」

繋いだ手に力をこめ、ジャックはうなずいた。「ようこそ、ぼくの世界へ」

マディがジャックを見た。涙に濡れた目を大きく見開いている。彼女はバッグからティッシュを出すと、滲んだマスカラを拭き取った。「そうなの？」囁くように言う。「あなたはあんな目に遭ってきたの？」

「ああ。事件当時の知り合いはみんなあんなふうだ。そして、その数はとても多い。ケイレブとぼくはあの頃有名だったから」

「そうね、あらゆる雑誌の表紙を飾ったものね。『GQ』、『ワイアード』、『ローリングストーン』。祖母なんて、全部額に入れて壁に飾っていたのよ。でも、あの騒動が起きたとたん、はずしてしまった」

「それはそうだろう」

「本当にごめんなさい。あなたがあそこまでひどい言い方をされるとは思っていなかった。わたし、自分のことしか考えてなかったんだわ。あなたにどんな思いをさせるか、考えていなかった」

「昨夜ぼくがきみに伝えたかったこと、これでわかってもらえたかな」ジャックは穏やかに言った。「犠牲はついて回るんだ、マディ」

「納得できないわ」反抗的な子どものように彼女は口を尖らせた。

ジャックはため息をついた。「きみが納得しようがしまいが、それが現実なんだ」

「二人であなたの汚名をそそぎましょう。あなたは潔白だって、世の中のすべての人に証明してみせるのよ」

「証明できるとはかぎらない」ジャックは、カールした一筋の髪を彼女の額からそっと払った。「あるいは、証明しても信じてもらえないかもしれない。ぼくは死ぬまでこれを引きずることになるかもしれない。そういう可能性がゼロじゃないことをきみに認めてほしい。認めてくれるだけでいいんだ」

マディがジャックの手をつかんだ。「確かにその可能性はゼロじゃないけど、信念を持たなきゃ。幸せに暮らせる道はきっとあるわ。たとえこの国にいられなくなったとしても、ヨーロッパでもアジアでもオーストラリアでも、住むところはいくらでもある」

「きみとエレインとの関係はどうなる？　彼女は高齢なんだよ、マディ」

「それはそのときになったら考えるわ。ひとつずつ片付けるのよ。約束して。死に物狂いで闘うって」

恐ろしいほどの意気込みに燃える琥珀色の瞳を、ジャックはじっと見つめた。能力にも財力にも恵まれたマディはゴールデンチャイルドだ。ケイレブ同様、なんだって意のままにできてきた。今度も、ジャックの代わりにそれができると思っている。納得のいかないことを自分の力で正そうとしている。

できないと決まったわけではない。ひょっとすると、本当に成し遂げるかもしれない。しかしそれも、この自分が全力で取り組んでこそだ。

ジャックはゆっくりとうなずいた。「わかった、死に物狂いで闘うよ。きみのために」

「二人のために、でしょ」

ジャックは微笑むと、マディの手を取り唇をつけた。「そうだね。二人のために、だ」

14

マディはフロントに電話をかけ、チェックアウトすると告げた。それから平服に着替え、結婚式の列席者には黙って二人でホテルを出た。二度も不愉快な思いをさせられたとあっては、誰とも顔を合わせる気になれなかった。

どちらも押し黙ったまま、ジャックが運転をして山のハイウェイを下った。

「嬉しかったよ」長い沈黙の末、ジャックが言った。「ロニーにあんなふうに言われても、きみはぼくの味方をしてくれた」

マディは手を伸ばすと彼の腿を強く押さえた。「あの人たちみんな、いたたまれない思いに苦しむことになるでしょうね、自分たちがとんでもない勘違いをしていたとわかったら。楽しみだわ」

ジャックは乾いた笑い声をたてた。「素敵な空想だが、ぼくはとうの昔にそんな夢は捨てたよ」

「だったら取り戻して。事態は変わろうとしているんだから」

「すでに変わっているよ。きみが味方についてくれただけで大きく変わった。すべてがこれまでと違って感じられるんだ」ハイウェイの出口を一箇所通り過ぎたところでジャックがマディのほうを見た。「家へ帰るかい？　道順を教えてくれたら送るよ」

「家へは帰らないわ、祖母やマーカスが現れるに決まってる。まだ会いたくないの。明日、わたしはアメリア・ハワードとの約束があるけど、あなたの予定は？」

「月曜の準備をしないといけない。開発中の製品に興味を持ってくれている製造業者と初めて会うんだ。じゃあホテルを取ろうか？」

「〈クラウン・ロイヤル〉にしましょう。モステック専用のスイートルームがあって、わたしたちはしょっちゅう出入りしているから支配人とは顔なじみなの」

ジャックが驚いた顔をしてちらりとこちらを見た。「そのモステック専用スイートに泊まろうというんじゃないだろうね？」

「まさか。ちゃんと別の部屋を取るわよ。心配しないで」

マディがホテルに電話をすると、四方を見晴らすテラスとジャグジーがついた最上階のスイートルームが難なく取れた。ベッドはキングサイズだ。通話を終える頃には、ホテルの近くまで来ていた。ジャックがかぶりを振りながら小さく笑っている。

駐車と手荷物の運搬をスタッフに委ねて、二人はフロントへ行き鍵を受け取った。

上昇するエレベーターの中で、マディはやけにジャックの視線を感じていた。スイートルームの前でセンサーに鍵をかざし、部屋へ入って背後でドアが閉まると、マディはくるりと彼のほうを向いた。「どうしてそんなにじろじろ見るの？」強く尋ねる。「今度はわたし、何をしたの？」

「感心していたんだ。魔法の電話一本で現実がぐらりと揺らいで、時間と空間の織りなすタペストリーの模様が変化する。マディ・モスが電話をすれば太陽だって西から昇るかもしれない。きみの秘められたスーパーパワーだ」

「何、それ」マディは鼻で笑った。「しょっちゅう使ってるから融通を利かせてもらえるだけよ。それと、支配人をよく知ってるから。昔、ちょっとつきあってたの」

ジャックの目が鋭くなった。「本当に？　それで、どうなったんだ？」

「別れたわ」

「どうして？」

マディは顔をしかめた。「あなたには関係ないでしょ」

「それはそうなんだが」ジャックは認めた。「でも、気になるじゃないか」

しかたない、というようにマディは目玉をくるりと回した。「嫌みに聞こえるのがわかってるから本当は言いたくないんだけど。退屈だったのよ。好きで好きでたまらないというのじゃなかった。今はいい友だちよ」

「なるほど」ジャックは少し考えていた。「ぼくはきみを退屈させていないのかな」

マディはゆっくりと首を振り、囁いた。「退屈なんてするものですか、ジャック・ダリー」

それを聞いたジャックが浮かべた笑みは、絶品だった。二人のあいだに火が燃え上がり、ぱちぱちと音をたてだした。

ちょうどそこへ、ポーターが荷物を持ってやってきた。チップを受け取った彼がいなくなると、マディが見守る中、ジャックは豪奢な客室を興味深げな様子で歩き回った。広大なテラス、そこから一望できる山々やビル群、ワインクーラーで冷やされているヴーヴ・クリコ、花瓶に生けられた華麗な蘭の花。

蘭の花びらに指先でそっと触れてジャックは言った。「蘭か。なんであれ、モスには最高級のものがふさわしい」

マディは少し引っかかるものを感じた。「そんな理由でわたしを嫌いにならないで」

「なるわけがない。もっと若ければ、もやもやしたかもしれないが。高校時代のぼくの目には、ケイレブときみたち家族は王族同然に映っていたよ」

「バイオスパークのあれは、あなたの妬みが原因だったとケイレブは思っているわ」

ジャックが顔を引きつらせた。「冗談じゃない。ケイレブはぼくのいちばん大事な友だちだったんだ。きみたちもぼくにとてもよくしてくれた。モス家の暮らしぶりは眩しかったよ、確かに。でも、妬ましいなんて思わなかった。今は、なおさら思わない」

「なおさら？　それはどうして？」

ジャックは食い入るように蘭を見つめた。「ぼくにも羽振りのいい時期があった」ゆっくりと彼は言った。「バイオスパークが追い風に乗っていた頃だ。金はどんどん入ってくる。近い将来、もっと入るようになるのは確実だった。洒落た車、流行りの服、きれいなガールフレンド。全部手に入った。ふたつの大都市に住まいを構えた。サンフランシスコのペントハウスと、ガブリエラが見つけてくれたシアトルのコンドミニアムと。サンフランシスコ湾を見下ろす高層ビルに本社を置こう、社用機も購入しよう、なんてケイレブと二人して目論んでいた。ところがある日突然、すべてが消え、ぼくはゼロに戻った。いや、ゼロ未満だな。監獄とはそういうところだ」

マディは彼の腕にそっと手を置いた。「つらかったでしょうね、ジャック」

「同情は無用だよ。とっくに過ぎたことだし、今はもう立ち直った。金銭的にも、なんとか。もちろんモスとは比べものにならないが、そこそこやっていけてる」

「いやなことを思い出させてごめんなさい」

「いや、いいんだ」ジャックはきっぱりと言った。「ぼくはただ、自分のことを説明しようとしただけだから。大金を手にして、そのあと失う経験をすれば、骨身に染みてわかる。すべてはゲーム、いっときの夢、まやかしでしかないと。それを悟ってしまうと、何に対してもがむしゃらになれない。物事への執着が消えるんだ」

彼の言葉について、マディは考えてみた。「それはあなたの秘められたスーパーパワーじゃないかしら、ジャック。少なくとも、能力のひとつだわ」

ジャックは面白そうに笑った。「へえ、そうかな。どうしてそう思う？」

「あなたはわからないかもしれないけど、たいていの人はそのばかばかしいゲームに必死になるのよ。挙句、三度めの離婚をしたり余命宣告されたりして初めて後悔する。だけど、あなたは違う。すでに悟りを開いている。何にも縛られていない。すごいことだわ」

ジャックがまた笑った。「そういう考え方もあったか。だとすると、悪いことばかりじゃなかったのかな。それじゃ……」ワインクーラーで冷えているシャンパンを彼は示した。「乾杯しようか？」

「ええ、いいわね。その前に着替えてくるわ。すぐ戻る」

ベッドルームでスーツケースをひっくり返してみたけれど、唯一洗濯済みなのはネグリジェだけだった。頭を通すと、シャンパンピンクのシルクが柔らかく肌になじんだ。肩のストラップはごく細く、レースが縫いつけられた生地は体の曲線にしなやかに添って、くるぶしまわりで揺れる裾まで続いている。マディは髪をアップにまとめると、歯を磨いて唇に軽くグロスを塗った。

部屋へ戻ったとき、ジャックは窓の外を眺めていた。夜景に重なるようにして後ろ姿が浮かんでいる。振り向いた彼の目が、たちまち輝きだした。「ああ、マディ。なんてきれいなんだ」

頰がひどく熱いけれどマディは平気な顔を装って微笑み、その場でくるりと回ってみせた。「気に入ってもらえた？　セクシーなナイトウェアで……っていうパートを昨夜は飛ばしてしまったじゃない？　今夜その埋め合わせをしようかと思って」

ジャックは感に堪えないというようにかぶりを振った。「いや、もう……きみを見るとしゃべり方を忘れてしまうよ」

「一時的なもののようだけど？　これまでのわたしの経験からすると、その状態からあなたはすぐに立ち直って、また延々としゃべりつづけるんだわ」

「確かに」ジャックはワインクーラーのほうを向いた。「そろそろ飲もうか？」

「飲みましょう。まったく、さんざんな一日だったわね」

ジャックは手際よくコルクを抜くと、よく冷やされたグラスふたつにシャンパンを注ぎ分け、ひとつをマディに差し出した。「一時的な失語症に乾杯」

マディはグラスを掲げて言った。「秘められたスーパーパワーに」

二人で笑いながらグラスを合わせた。シャンパンは、細かい泡の優しい刺激も、氷のような冷たさも澄んだ味わいも、すべて官能的だった。どちらも黙ってそれを味わっていたが、やがてマディはジャックのそばへ寄り、腕と腕を絡めてまたグラスを持ち上げた。

「信頼に乾杯」マディはつぶやいた。

ジャックの目に表れた表情に、マディは胸を打たれた。時間が止まったかのような奇妙な沈黙が二人を包んだ。ようやくジャックがゆっくりと息を吐き出し、彼のグラスを掲げた。

「信頼に乾杯」ぎくしゃくした声で彼は言った。「ありがとう」

腕を組んだまま、それぞれのグラスを傾けた。儀式か何かのような、厳かささえ漂うひとときだった。

ジャックが腕をマディの腰へ滑らせた。「きみが信じてくれているんだと思うと、なんともいえず嬉しい気持ちになるんだ」感激を滲ませた声で、低く言う。「夢なんじゃないかと、まだときどき思ってしまう」

マディはシャンパングラスをテーブルに置くと、彼の手を取った。「わたし、感じるのよ、ジャック」自分の心臓のあたりをたたく。「ここで。何かを感じたり知ったりすることなんて以前はなかったわたしのこの部分が、感じているの。知っているの。あなたの心に嘘偽りはないって。この感覚は誤魔化しようがないのよ。確かにここにあるんだから」

「ぼくもきみのことを同じように感じるよ。だから怖いんだ」

「なぜ？　二人一緒なら何も恐れることなんてない。わたしたち、こんなに信頼し合っているんだから、安心していいのよ」

ジャックの瞳が暗く翳った。「安心はできない」

マディは彼の頬にそっと手を置いた。「できない？　どうしても？」

ジャックは首を振った。「ぼくは、たくさんのものを手放すことを覚えた。金、名声、野心、評判、その他諸々。あらゆる物事に重みを感じなくなった。執着しなくなった。必要に迫られてそうなった。だがどうしても、きみに対してだけはそう思えないんだ」

マディは両の腕を上げ、彼の首を抱いた。

「じゃあ、思わないで。しっかり捕まえていて。何があってもわたしを離さないで」

「ああ、マディ。離すものか」ジャックが囁き、唇が重ねられた。

15

〝焦るな。落ち着け。息をするんだ、ダリー〟

理性を失うかどうかの瀬戸際にいたジャックだったが、マディの体の細かなところまではっきりわかる、このすべすべしたネグリジェが決定打になった。もう両手を彼女から離すことはできない。軽いキスなどできない。尖る頂を胸に感じながら、丸く温かなヒップを両手で包み、撫でさするうちに、ジャックは夢中になった。一歩間違えば台無しになるのはわかっていた。感情的になりすぎているのを自覚していた。自分で自分をコントロールできていないのを。

何度触れても感嘆せずにはいられなかった。この肌の柔らかさとしなやかさ。乳房の豊かさと弾力。くすぐるような軽さでそっと撫でるだけでも、そのたびに、はっとさせられる。ネグリジェの薄い布地が、手のざらついた部分に引っかかる。ジャックは彼女の腰をつかむと、激しく高まっているものめがけて引き寄せた。

マディは喘ぎ、みずから強く体を押し当ててきた。ジャックは手を下げるとネグリジェの裾をたくし上げ、熱くなめらかな腿の内側をゆっくりと撫で上げた。甘美な中心へ向かって……すると、ああ……。

マディは下着をつけていなかった。さえぎるものは何もない。ふわりとした茂みがすぐに指に触れ、密やかな肉が熱く濡れながら愛撫されるのを待ちわびていた。

「マディ」彼女の耳もとでジャックは呻いた。「きみは……すばらしい。ここがこんなに熱くなってる」

「わたしに触れて。キスしながらよ」マディから指令が出た。「そうされるのがすごく好きなの」

ジャックはしゃべれる状態ではなかったが、熱烈な同意が彼女に伝わったのは間違いなかった。

マディの唇の甘さに、手の下でもだえる体のしなやかさに、ジャックの意識は別の次元へ飛ばされた。舌で彼女の舌をすくい味わうその一方で、蜜の湧き出る泉を探り、敏感な芽をつまみ、転がして、彼女を望みの場所へと導いていく。彼女の体のわななきを感じ取り、息も絶え絶えの喘ぎに耳を傾けながら。

やがて絶頂を迎えたマディがひときわ大きな声をあげ、弓なりに反った体をこわばらせた。

彼女のまぶたが開くと二人の視線が絡み合い、それが合図になった。

ジャックはあたふたとベッドカバーを剥ぐと靴を脱ぎ捨て、ベルトのバックルとシャツのボタンをはずし、靴下を脱いだ。あとは二人の共同作業になった。一分一秒を争うとでもいうように、どちらも夢中で手を動かした。ジャックが裸になるとマディはしわくちゃのシーツに横たわり、彼に向かって腕を伸ばした。シルクのネグリジェは腰までめくれ上がって、彼女のすべてがあらわになっている。細い肩紐が落ちて、スカラップレースの襟ぐりから両の先端が顔を覗かせている。

マディを満足させるためならなんだってしてやる。ついさっきまでは、なけなしの理性を振り絞って心に決めていたのだ。ゆっくりやろう、もう一度彼女を絶頂へ導こう、と。しかしもはや、ゆっくりなどできるわけがない。マディに抱き寄せられ、腰に脚を絡められ、背中に爪を立てられているこの状況では。

ジャックは熱い深みにみずからを沈めた。包み込まれ、締めつけられる。きついけれど窮屈ではなく、なめらかに吸い込まれる感覚だった。往復するたび、マディの体は極上の悦びを与えてくれるのだった。

やけに騒々しい気がしたが、それはジャックが自分でたてている音だった。大きく重いベッドの、その軋みに呼応するように快感は高まり、ついには二人を同時にのみ込み頂まで押し上げて弾けた。

果ての見えない甘やかな余韻に浸って、どちらも動かずにいた。はじめのうちは息を乱し、汗にまみれて。その後は雲に乗っているような夢見心地で。ようやくマディがあくびをしながら身じろぎをし、ジャックのほうを向いてにっこり笑った。とたんに彼の体内でまた新しい花火が上がった。なぜマディはこんなにも美しいのか、いつまでたってもジャックは慣れることがなかった。

「ねえ」彼女は囁いた。「すばらしかったわ。いつものことだけど」

「うん」ジャックは咳払いをした。喘いだり叫んだりで声がかすれてしまっていた。「回を重ねるごとによくなっていくみたいだ。このまま、よくなりつづけたらどうなるんだろう。どこへ行き着くんだろう」

マディが上体を起こしてベッドに肘をつき、まっすぐにジャックを見た。「本来の居場所よ。もともといた場所に帰り着くのよ。もとの友だちがいるところ、もとの仕事があるところ、あなたにふさわしい場所に」

ジャックはマディの巻き毛に手を差し入れた。「ぼくの人生を軌道修正しようとしてくれるのは嬉しいが、それはきみのやることじゃない。誰だって、自分の人生は自分で切り開くしかないんだ」

「それはそうだけど、でも、あなたの力になりたいの」

「もう、じゅうぶんなってくれているよ。きみは奇跡を起こしてくれた。ぼくを信じ、理解してくれた。きみそのものがぼくにとっては奇跡だ。ぼくは幸せだよ。たとえこれ以上事態が進展しなくても、じゅうぶん幸せなんだ」

「進展するわ。悲観的にならないで」

ジャックはさらに近くへ彼女を抱き寄せた。「こんな時間が持ててありがたいと思っているだけだ。今のこの瞬間を大事にしたい」

「そうね、今は幸せな時間ね」マディは真剣に言った。「明日だって、幸せに決まってるわ」

「ぼくは明日を信じていない。でも、きみのことは信じている」

マディは彼の胸を打った。「禅問答みたいなのはやめて。俗世へ戻ってきて」

「ぼくはずっときみのそばにいるじゃないか」ジャックはマディの手を握ると下半身へ導き、固く高くそそりたつものに触れさせた。「そして、ひどく俗っぽい欲望を抱いている」

そのとき彼の腹が鳴り、マディの美しい唇の両端が楽しげに持ち上がった。「俗っぽい欲望と言えば、また夢中になってしまう前に何か食べましょうよ。ここのシェフは大した腕前よ。ルームサービスの味にも定評があるわ」

「それは楽しみだ」

マディは起き上がるとベッドサイドの電話を取った。「マディ・モスです。イーストペントハウススイートの。ルームサービスをお願いしたいんだけど……ええ、そう。シェフズチョイスをふたつ……いいえ、サプライズを楽しみにしているから……ええ、ぜひデザート付きで……赤ワインを。魚がメインじゃなければ。……もちろんよ、ジャンフランコのお薦めなら、なんでも。ありがとう、よろしくね」マディは受話器を置いた。「料理は見てのお楽しみなんだけど、安心して。美味しいのは間違いないから」

「ジャンフランコのお薦めならなんでも、だって？　ほらほら、マディ。また秘められたスーパーパワーを発揮してるじゃないか」

「違います。あなたはわたしの力とクレジットカードの力を混同してるわ」

笑いながらベッドでふざけ合っているうちに、マディが彼にまたがり腰をうねらせはじめたのでジャックはたまらなくなった。目を半ば閉じた、あの艶めかしい表情で見下ろされると、激しい欲望に全身が疼いた。

しかし彼女は、ジャックの無言の問いかけにかぶりを振った。「じきにルームサービスが届くわ」喘ぐような息をしながら言う。「続きはあとで。必ずね。シャンパンを飲みましょう。先にシャワーを浴びてくるわ」

彼女がバスルームにいるあいだにジャックはテリー織りのローブを羽織り、それぞれのグラスにシャンパンを注いだ。楽しくてしかたなかった。これほど心が高揚するのは生まれて初めてだった。彼はシャンパンに酔い、マディに酔っていた。

ドアがノックされ、スタッフの声がした。「ルームサービスです」

「ぼくが出よう」ちょうどバスルームから現れたマディにジャックは言った。彼女は、しっとり湿った体に、香しい香りとローブをまとっていた。

ウェイターが、カバーのかかった皿を満載したワゴンを押して入ってきた。出ていくときには満面の笑みだった。情熱的な愛とセックスに浮かれるジャックは、チップを大いに弾んだのだった。

料理はすばらしかった。ずらりと並んだオードブルの皿。トマトソースの中で煮えているのは、焼いたナスが巻かれた熟成カチョカバロ。ミントが香るズッキーニのフリッターもあった。ブロッコリーのフリセッレには、オリーブオイル、バジル、クリーミーなストラッチャテッラ・チーズとつやつやのダッテリーノトマトがのっている。陶器のテリーヌ型に入ってジュージュー音をたてているロールドポークはとろける柔らかさだった。さらには羊乳リコッタと野生キノコがたっぷり包まれたクレープ、各種チーズ、フルーツ。そしてデザートはレモンクリームケーキとブラウニーと、チョコレートをかけたショートブレッドだった。

すべてが極上の美味だった。けれどマディのキスにはとうてい敵わないとジャックは思う。

二人は笑い、しゃべり、ぞんぶんに食べた。やがてどちらも言葉少なになっていき、ジャックが待っていた濃密な空気が漂いはじめた。

マディが立ち上がり、彼の手を取って引っ張った。ベッドルームへ連れていかれた彼はマディをベッドに座らせると、その前に膝をついた。そっと膝を撫でるとローブの前が割れ、太腿が、そして腹部が、あらわになった。さらには乳房も。ジャックはローブのサッシュを引いて解いた。無言で懇願するかのように膝を撫でつづけていると、マディの脚がゆっくりと開かれた。たおやかな襞にジャックは顔を寄せると、焦らず、時間をかけて、丁寧に慈しんだ。唇と舌で、マディのエッセンスをぞんぶんに味わった。

快感の大波にのまれたマディがひときわ大きな声をあげ、みずからを強く彼の顔に押し当ててきた。

悦楽のわななきがようやく収まると、マディはくるりと体を反転させてベッドに上がった。四つん這いの格好でヒップを高く持ち上げ、彼女は言った。「これがいいの」かすれた声でジャックを誘う。「来て。後ろから」

「よし」

またしても、タイミングをコントロールするどころではなくなってしまった。四つん這いのマディが枕にすがりついて背を弓なりに反らしているのだから。ジャックがヒップをつかんで力強く突くたび、マディの口からすすり泣くような声が出た。大きなはめ殺し窓に二人の姿が映り込んでいる。マディは目をつぶっている。艶めく唇は開き、乳房が揺れている。悦びにもだえ、叫びながら、二人同時に頂へと駆けのぼった。達した瞬間、ジャックはマディの中で自分を見失った。

迷子になるのにこれほどすばらしい場所があるだろうか。このままずっと見つからずにいたいと、ジャックは心から思った。

16

アメリアとのランチへ向かう途中、マディはわざと遠回りをしてエナージェン社の前を通った。

二年ほど前に完成したばかりの社屋は、ニューヨークの著名な建築家が設計したものだという。奇をてらったその建物は、例えるなら宇宙船に最も似ているだろうか。無数のぎらつく金属の筋交いが思いも寄らない角度で交わり、至るところに使われたガラスがまばゆい光を反射している。

広大な敷地を車で一周しながら、マディは思わずにいられなかった。この施設には莫大な額の値札がついていて、それはケイレブとジャックからかすめ取った利益でまかなわれたのだ、と。

けれどそれは金銭の問題でしかないし、もう過去の話だ。ケイレブとジャックは強さと賢さを持っている。ほかにもまだまだ持っているものはある。革新的な着想という点において、あの二人なら誰かから何かを盗む必要など絶対にない。

それを証明したい。ジャックに対する世間の見方を根底から覆したい。マディはあらためて強く思った。

近くの駐車場に車を入れると、歩いてビストロへ向かった。店内は賑わっていた。日曜のブランチをとりに訪れた客で混雑している。

すでに席についていたアメリアが、立ち上がってマディと握手を交わした。にこやかだが、線の細い、おとなしそうな人だ。背が高くて髪は焦げ茶色。どこか遠くを見ているような、大きな瞳。彼女は明らかに緊張していた。

それぞれがチキンシーザーサラダを注文し終わると、マディはさっそく仕事に取りかかった。ジャックに見せてもらったデータの中でもとくに重要と思われるものについて、注意深く、系統立てて、アメリアに質問していく。最も聞きたかったのは、エナージェン・ヴォルテックス・プロジェクトにおける研究開発の時系列だった。

声は小さいし震えてもいたが、アメリアはとても協力的だった。彼女の答えの中に、ジャックから聞いていた話と矛盾する点はなかった。尋問に近いことを一時間近く続けた末に、マディは確信した。アメリアは内情に通じている、そして真実だけを述べている、と。

同時にマディは、その真実がアメリアを悲しませているような印象を受けた。葛藤と負い目を彼女は感じているふうに見えるのだ。

あらかじめノートに記しておいた質問をすべてしてしまうと、マディは少しためらってから言った。「あの、ちょっと個人的なことを伺ってもいいかしら」

「え、ええ」アメリアは言い、目を瞬（しばた）いた。

「もしかしたら、今話してくれた一連の出来事は、あなたにとってとてもつらい経験だったんじゃない？」

「ええ、それはもう。つらいなんてものじゃなかったわ。ジャックがあんなことになるなんて。彼ほどいい人はいないのに。わたしにとって彼は本当に大切な友人だったの。世間で言われているようなこと、ジャックは絶対にしていないわ。彼は無実よ」

「でも、当時あなたはそんなふうに申したてなかった」

アメリアが、すっと目をそらした。「ええ」彼女はつぶやいた。「誰にも言わなかったわ」

「確かに、もし申したてていたら、あなたはとても高い代償を払うことになっていたでしょうね。でも、失礼かもしれないけれど、今のあなたも高い代償を払っているようにわたしには見えるの」

「実は、あの騒動が起きたときわたし、入院中だったの」告白するような口調でアメリアは言った。「心を病んでしまって。大量の薬が処方され、入院は長引いたわ。退院したときには、ジャックが収監されて何カ月もたっていた。わたしはなんとかして彼を助けたかったけれど、面会に行ったときジャックに止められたの。またわたしの具合が悪くなってはいけないと言って。彼はわたしを守ろうとしてくれたのよ。彼は……そういう人なの」

「恋人だった？」

「いいえ」アメリアは即座に答えた。「そうだったらよかったけれど。でも彼にはガブリエラがいたから。ガブリエラの恋人を横取りしようなんて思う女はいないわ。どんな恐ろしい仕返しをされることか。それでなくても、当時わたしにはつきあっている人がいたし。それで入院することになってしまったわけだけど」

マディは好奇心をかきたてられた。だがアメリアは、急に慌てたようにナプキンで口もとを拭うと、マディの背後に立っているらしい人物を見上げた。

「アメリアじゃないの」女性の声だが、咎（とが）めるような響きがはっきり聞き取れた。

アメリアの顔は、まるで罠（わな）にかかった動物のようだった。マディは後ろを振り返った。

ひと組の男女が立っていた。男性は並はずれた体格の持ち主で、目つきが鋭く、しゃくれた顎をしていた。縦にも横にも大きな体にビジネススーツは窮屈そうだ。ブロンドの女性はほっそりしており、顎も尖っている。タイトな赤いミニドレスに、赤いピンヒール。

唇はそれ以上に赤く、眉は黒々としている。艶やかな金の巻き毛はどうやら化学薬品の助けを借りたものらしい。

「ガブリエラ」アメリアが抑えた声で言った。「どうしてここに？」

「ビルと歩いてたら、あなたが見えたものだから」こちらの口調は、ずいぶんはきはきとしている。「ちょっとご挨拶をと思ったの。こちらは、お友だち？」

「え、ええ……マディ・モスよ」アメリアはためらっていたが、しかたなくといった様子でそう答えた。

「あら、そう」ガブリエラの赤い唇が歪んだ。「こんなところになんのご用、マディ？」

「近くまで来たので、アメリアとランチを」マディは淡々と答えた。

「へえ。あなたたちがお友だち同士だったとは知らなかったわ」

「それはそうでしょう。お目にかかるのは初めてですよね。失礼ですが……？」

アメリアが懸命に気を取り直そうとしているのは傍目にも明らかだった。「マディ、彼女はガブリエラ。今度の水曜にマーケティング担当シニアバイスプレジデントに就任するの」それからアメリアは、当人を見ることなく大男を手で示した。「彼はビル・グリア。エナージエンの警備主任よ」

マディはそれぞれと握手を交わした。「初めまして」

ビル・グリアの手はとてつもなく大きく、じっとりと湿っていた。痛さを感じる一歩手前の強さでマディの手を握り締めてくる。ガブリエラの手は骨張っていて冷たかった。針金を曲げてゴム手袋に詰め込んだらこんな感触かもしれない。握手を交わしたあとも、彼らは冷ややかな視線をマディに据えたままだった。情報をよこせ、自分たちには当然それを聞く権利がある、とでもいうように。

マディが何も提供せずにいると、ガブリエラの目が線のように細くなった。「わかったわ。それじゃ、ランチを楽しんでちょうだい。アメリア、明日、出社したらわたしのところへ来て。朝一番で。話し合いたいことがあるから」

ガブリエラはこちらへ向けて指先をひらひらさせると、ヒールを鳴らして歩み去った。そのあとをグリアが、分厚い肩越しにマディを疑わしげに一睨みしてから追いかけた。

彼らがじゅうぶんに離れると、マディは大きく息をついた。「ああ、驚いた」思わずつぶやいていた。「なんなの、あれ」

「ほんと」アメリアはしょげ返っている。「面倒なことになりそう。あの人たち、わたしのあとをつけていたのかしら。監視しているのかも」

マディはぎょっとした。「本当にそう思うの？」

アメリアは肩をすくめた。「数日前にガブリエラがエナージェンに入社してからは、ええ、そんな気がしてる。彼女、わたしにひどく冷たいわ。もうこの会社にはいられないかも」

「もしわたしのせいで厄介なことになったのなら、ごめんなさい。もっと目につかない場所にするべきだった」

「いいの」アメリアは静かに言った。「きっと、そろそろ歯を食いしばって立ち向かうことを覚えろって、神さまが言ってるんでしょう」

マディは心ひそかに彼女の幸運を祈った。「あの二人、どういう人たちなの?」

「恐ろしいペアよ」ぼそりとアメリアは言った。「ガブリエラがうちの会社に現れたのは先週なんだけど、CEOの新しいお気に入りなのは公然の秘密。だからってエナージェンで働こうとするなんて、わたしには信じられない。ジャックとのあいだであんなことがあったっていうのに」

突然気づいてマディは息をのんだ。「待って! つまり彼女は、あのガブリエラなの? ジャックの元恋人? その彼女が今ここで、エナージェンで、働いているの? そんなおかしなことってある?」

「そう、彼女はジャックの元恋人よ」アメリアは暗い顔でうなずいた。「そしてグリアのほうはわたしのかつての交際相手。だけど今は大嫌い。ものすごく陰険なの。彼の胸には心臓じゃなくて氷が入ってるのよ」

「どこで出会ったの?」

「わたしが住んでいるコンドミニアム。当時、彼はそこの主任警備員だったの。ガブリエラもそこの住人で、その後、彼女の紹介でジャックも部屋を借りたわ。わたしの部屋は六号棟の五一八号室で、ジャックは四一六号室。ジャックとガブリエラは恋人同士で、たぶん結婚の約束をしていたはずよ」

「そしてあなたはグリアとつきあっていた」

「ええ。別れては縒りを戻すことを繰り返しながら。とても優しい人だと思えるときもあるんだけど、急にひどく冷たくなって、おまえには飽きたと言ったりするの。わたしはおろおろするばかりだった。彼の経歴のせいかもしれないと思ったわ。特殊部隊で幾度も戦闘を経験すれば、人はこんなふうになるのかもしれないと。本当にそうなのかどうかは別にしても、とにかくわたしは自分にそう言い聞かせていたの」

「それで、どうなったの? もし差し支えなければ聞かせてもらえるかしら」マディは慎重に言った。アメリアはとても繊細な人らしい。少し風が吹いただけでもガラス細工みたいに壊れてしまいそうだ。

「ひどい終わり方をしたわ。場所はわたしの部屋だった。そのころビルの態度はまたおかしくなっていたんだけど、ある晩、ワインを一本持ってうちへ来たの。一緒に食事をするあいだ、彼はとても優しくて上機嫌だった。でもわたし、急に意識が遠のいてしまって。そのまま朝まで気を失っていたの。起きるとそれはもうひどい頭痛で、ビルはいなかった。アスピリンを飲んで出勤すると、午前中に彼がわたしのオフィスへやってきて言ったわ。おまえみたいなだらしない飲んだくれとは別れる、もううんざりだ、って。お酒のせいじゃなくて体調が悪かったんだって説明しようとしたんだけど、彼は聞く耳を持たなかった。黙って出ていったわ。わたしは……その場にくずおれて立ち上がることもできなかった。助けに来てくれたのはジャックよ。ジャックが家まで送ってくれたの。次の日、病院へ行ったわ」

マディは腕を伸ばすとアメリアの手を握った。ひんやりと湿った手だった。

「とんでもない目に遭わされたのね。ひどすぎる」マディは語気荒く言った。「しかも、あなたのオフィスでなんて。そんな男と、今も毎日職場で顔を合わせないといけないのね?」

「できるだけ避けるようにはしてるわ。今は彼、ガブリエラとつきあっているみたい。あの二人ならお似合いだわ」

苦い記憶を掘り起こして初対面の相手に告げるのは、アメリアにとってどれほどつらいことだろう。会話を切り上げながらマディは、自分のせいで社内での彼女の立場が悪くならないことを祈ったが、空しい祈りだとわかってもいた。別れの挨拶を交わすと、アメリアは足早に去っていった。苦痛から解放されてほっとしているのは明らかだった。

駐車場まで歩きながらマディはいろいろなことを考えた。ジャックに首尾を伝えようとスマートフォンを取り出し、角を曲がったそのときだった。

マディは思わず声をあげ、後ずさった。

ガブリエラ・アドリアニとビル・グリアがマディの車の前に立っていた。悪霊のような顔をしてこちらを見据えている。

マディは鋭く息を吐いた。「なんなの！　びっくりさせないで！」

「ごめんなさいね」謝罪とはほど遠い口調でガブリエラが言った。

二人が移動するのを待ったが、彼らは同じ場所に突っ立ったままマディをじろじろと見ている。シャーレの中の、見慣れぬ細菌か何かを観察でもするかのように。

「わたしにご用かしら？」マディは言った。

「いいえ」ガブリエラが答えた。「だけど、わたしたちのほうはあなたの役に立てるかもしれない」

「結構よ」

「小耳に挟んだんだけど、あなた、ジャック・ダリーと結婚の約束をしてるんですってね」

「それが何か？　あなたには関係ないでしょう」

「考え直したほうがいい」ビル・グリアの声は図体(ずうたい)とは裏腹だった。鼻が詰まったような、妙にか細い声をしている。

「忠告してくださらなくて結構」

「わたしたちはあなたの敵じゃないのよ、ミズ・モス」物言いはにこやかでありながら、明らかにこちらを見下している。「あなた、罠にはまったのよね。よくわかるわ。だってわたしも間一髪のところで助かった口だから。ジャックなんかと結婚してはだめよ。こんなに正直な人はいないと思わせられるかもしれないけど、本当の彼は生まれついての捕食者よ」

マディはバッグを抱える腕に力をこめ、逃げだしたい衝動を抑えた。ここで引き下がってはいけない。だいたい、彼らの向こうにあるのはわたしの車だ。「教えてくれてありがとう。そろそろそこをどいてちょうだい」

「あいつはあんたになんと言った？」グリアが一歩、間合いを詰めてきた。

マディは後ずさった。「あなたに関係ないでしょ。どいて」

「お茶でも飲みましょうよ」ガブリエラがにっこり笑った。「わたしたち、ただあなたとお話ししたいだけなの」

「遠慮するわ」

「耳寄りな情報があるの」ガブリエラはなおも言った。「聞いてよかったと、きっと思うわ」

いいかげんにしてほしい。「どいてちょうだい」マディは冷ややかに繰り返した。

「せめてこれを受け取ってくれ」グリアが何か小さなものを差し出した。フラッシュドライブだった。

マディはそれを避けるように身を引いた。「なんなの？」

「ジャック・ダリーの真実」グリアはそう言った。「ジャック・ダリーが住むコンドミニアムの、おれは主任警備員だった。これは、あいつがエナージェン株を七十万ドル分買った晩に録画されたビデオだ。株式公開の前々日だな。ダリーの部屋の戸口、ロビー、それに屋外二箇所の映像が入っている。部屋に出入りしているのは本人とガブリエラだけで、彼女は株注文が入る一時間半前に立ち去っている。マンション自体から外出しているんだ。とにかく百聞は一見にしかずだ。見ればわかる。あの注文ができた人間はダリーしかいないってことが」

ガブリエラが哀れっぽくため息をついた。「わたしは大馬鹿者だったわ。あんな男を信じてしまったなんて」

「あなたはあの夜、彼の部屋にいたの？」

「いたけど、彼が悪酔いしていやな雰囲気になってきたから帰ったの。部屋を出たのが十二時二十二分。ビデオを見てもらえばわかるわ。見る度胸があなたにあるならね。そのあと彼はエナージェンの株を買った。自分が作ってきたものを信用できなくなっていたのね。カーボンクリーンに致命的な欠陥があるとわかって、明るみに出る前に可能なかぎり儲けておこうと考えたんでしょう。エナージェンの製品のほうが優れているのを彼は知っていたのよ。その結果、バイオスパークの株式公開はおじゃんになった。エナージェン株の発注にはジャックのパソコンが使われていたわ――彼の部屋のデスクトップパソコンよ。ばかなことにIPアドレスもそのまんま。そこまで頭が回らなかったんでしょう。そりゃあひどく酔っ払っていたもの。彼の醜態にうんざりして、あのあとわたし、女友だちと出かけて飲み直したんだから」

「でたらめばかり言わないで」

「現実を見なきゃ」ガブリエラは憐れむように言った。「ジャック・ダリーは罪を犯したのよ。そうじゃないと彼はあなたに言ってるかもしれないけど、だとしたらそれは嘘」

毒々しいほど赤い唇を彼女は歪めた。

「これ以上わたしにかまわないで。いいかげんにしないと警察を呼ぶわよ」

ガブリエラとグリアが目配せを交わした。グリアがこちらへ体を傾けると、フラッシュドライブをマディのバッグの外ポケットに入れた。「百聞は一見にしかずだ」さっきと同じ台詞を口にする。

「みんな言ってるわ。あなたはずいぶんお利口さんなんですってね」ガブリエラが言った。「その頭の良さを見せてちょうだい」

マディは強引に車に乗り込んだ。エンジンを吹かすと彼らは脇へ寄ったが、角を曲がるときミラーに目をやると、こちらを睨みつける二人の姿が映っていた。

スマートフォンが鳴りだしたが、とても電話に出られるような精神状態ではなかった。バッグを探り、横目で確かめるとジャックからだった。

ああ、よりによって。こんなときに。

すっかり気が動転しているのが自分でもわかる。体の震えが止まらない。シートの上でバッグが倒れ、フラッシュドライブがポケットからこぼれ落ちた。長方形のプラスティックにすぎないのに、それがとてつもなく恐ろしいものに見える。放射性物質か何かみたいに。

気持ちを落ち着かせたくて、あてもなく車を走らせた。有益な情報を得るべくエナージェンに近づいたはずが、有益どころか、耐えがたいほどの衝撃を与えられてしまった。ジャックからまた着信があった。続けざまに二度。けれどマディは車をとめなかった。

気がつくと自宅近くまで来ていた。それでもまだ、震える脚が体重を支えられるとは思えず、脇道へ入り停車した。パソコンを引っ張り出し、一瞬だけためらって、フラッシュドライブを差し込む。

しかしガブリエラもグリアも、今は平然とエナージェンで働いているというのだから、他人のバイオスパークへの背信を非難できる立場になどないはずだ。ガブリエラはCEOのお気に入りだとアメリアが言っていた。アメリアとグリアは恋人同士だった。グリアが警備を務めるコンドミニアムに三人は住んでいた。それらを考え合わせると、疑わしいことこのうえない。このビデオで何を目にすることになろうと、大いに疑ってかかるべきだろう。

マディはビデオを再生した。四つの画面が同時に表示される。〈シルヴァン・ラグジュアリー・コンドミニアム〉六号棟の、屋内の映像がふたつ、屋外がふたつ。午後八時から、八時間分が録画されている。

早送りしながらとはいえ、これほど変化に乏しい映像をこれほど長く凝視するのは初めてだった。時間の経過を示す数字が瞬くのを見つめて、マディはじっと座りつづけた。人の出入りがあれば再生速度を落とし、どんな小さな動きも見逃すまいと目を凝らした。

まず八時に、ちらりと人影が見えた。スロー再生すると、それは建物のエントランスからエレベーターへ向かって歩いていくジャックだった。すぐあとに四階でエレベーターを降り、自室の鍵を開けて中へ入る。

九時二十三分、ガブリエラが彼の部屋の前に現れてドアをノックし、中へ入る。そのあとはまたなんの動きもない映像がだらだらと続く。十二時二十二分、ガブリエラが出てきた。険しい顔をしている。荒々しくドアを閉め、大股にエレベーターへ向かう。薄い背中からも、激しい感情が迸(ほとばし)っているように見える。十五分後、彼女はロビーに現れて建物の外へ出た。

そうしてまた、何も起きない時間が流れた。マディは再生速度を落とすと、一時三十分から二時三十分までの映像を注意深く見た。株の買い注文が入った、運命の時間帯。

部屋にいるのはジャックだけだ。彼のパソコン、彼のＩＰアドレスを使えるのはジャックしかいない。暗号化されているためにハッキングは不可能だと、ジャック自身が言っていた。

建物の外にも変化は起きない。ベッドルームとリビングエリア、ともに明かりはついているけれど、バルコニーに面したドアは閉まっている。動いているのは、敷地内に植わる大木の、風にそよぐ葉だけだ。それと、しなる枝と。

一時三十分まで戻ってもう一度見た。それを何度も繰り返した。そして当惑した。人の出入りがまったくない。どの角度から見ても、どの入り口を見ても。

〝事実を突きつけられたんだ〟

そう言っていたケイレブも、きっとこれを見たのだ。この苦しみのプロセスを経たのだ。ジャックがこんなことをするなんて、兄にはとうてい信じられなかった……けれどこの事実を前にしては打ちのめされるしかなかった。暗号化されたIPアドレスから購入された株。航空券。遠い異国の銀行口座。そこに預けられたお金。

それでも、問われているような罪を犯す動機が、ジャックにはない。もちろん、彼がマディの思っているような人ではないとしたら話は変わってくる。恋に目がくらんで男を見誤る女はいくらでもいる。

ただ、どうしても腑に落ちない。もしこれが真実なら、ジャックは人格破綻者ということになる。マディを罠にかけた大嘘つきだ。ケイレブを傷つけるためにマディを使い、マディ本人を笑いものにしたのだ。

違う。そんなことはありえない。断じて信じられない――でも、目にしてしまった証拠を、見なかったことにはできない。　胸が痛かった——まるで万力で締め上げられているかのように。

巨大な重しに押しつぶされて、マディは息をするのもやっとだった。

ぱたりとパソコンを閉じて、家へ帰った。車からスーツケースを下ろしながら、汚れものを出してきれいな衣類をできるだけたくさん詰め込もうと、ぼんやり考える。

足を踏み入れた自宅は妙によそよそしい感じがした。一週間前までここに暮らしていたマディ・モスは、自分とは違う女。彼女はもうここにはいない。

科学者としても人としても、事実だけを指針とするのが当たり前の人生だった。マディにとって事実とは、船乗りたちの北極星のようなものだった。こんなふうに、事実に手ひどく裏切られたことなど一度もなかった。

マディはクローゼットから適当に衣類を引っ張り出した。仕事用とカジュアルなものを数着ずつ。いつもなら旅行中の服装計画は綿密に立てる。コーディネートを考え、着回しの利くものを選び抜いて荷造りをする。けれど今夜は、まったく頭が働かなかった。

着ていたスーツを脱いで、柔らかなダメージジーンズと、スレートブルーのゆったりしたシルクニットに着替えた。それからバスルームへ行き、アライグマみたいになっていた顔を洗った。荒れ狂う感情とマスカラは、相性が悪い。

最後に忘れものはないかとあたりを見回したが、あったってかまわなかった。いつだって戻ってこられる。レザージャケットを羽織ると、マディは玄関のドアを開けた。

家族全員が勢揃いしていた。ポーチの前に広がる芝生に。

ああ、ついに。スペイン滞在を切り上げて帰国したケイレブ。妹に心臓を刺し貫かれたみたいな顔をしている。その隣には、美しいブロンドの妻、ティルダ。常に寄り添って笑い合ったり囁き交わしたりしている二人が、今はこちらを見据えてにこりともしない。

二番めの兄、マーカスもいつものアジアへの旅から戻っている。ケイレブ同様、外見はどこの誰ともわからない父親譲りで、マディとは似ていない。遺伝子検査によればルーツは日本と韓国にあるらしい。いずれにしても息子がこれほどの美形であるからには、きっと父親は上背のあるハンサムな人だったのだろう。漆黒の髪がまたいちだんと伸びたようだが、高い頬骨と角張った顎、黒く鋭い目は変わらない。

真ん中で背筋をまっすぐ伸ばしている祖母は、いつもながら隙のない装いだった。真っ白なショートヘアのスタイリングも完璧だ。しかし、表情は暗い。怯えているようにさえ見える。

祖母の怯えた顔は、マディを何よりもうろたえさせた。

スーツケースが手から離れて、どさりとポーチに落ちた。

「ねえ」マディは言った。「これはどういうこと？　わたしの家は監視されてるの？」

　誰も答えない。ずいぶんたってから祖母が口を開いた。「そんなことはありませんよ、マディ。入ってもいいかしら？　ご近所の目があるところではしたくない話なの」

「本当のことを言って。みんなで見張ってたの？　あんまりじゃない。そんな気味の悪いことされて、黙っていられると思う？」

「それについても中で話し合いましょう」

　威厳たっぷりの祖母の口調はいつもの魔力を発揮した。マディは脇へ寄ると、彼らがぞろぞろ家へ入っていくのをぼんやりと眺めた。自分も八十を過ぎたらああいう便利なスーパーパワーを持ちたいものだ、無理だろうけれど、などと思いながら。

「コーヒーをいれてちょうだい、マディ」また祖母の命令が下った。「マナーを忘れたの？」

「わたしは人の家をこそこそ見張ったり、招かれてもいないのに入り込んだりしません。ここにいる誰にもわたしにマナー云々(うんぬん)と説教する権利はないわ」

「たとえそうであっても、コーヒーをお願い」

　もう処置なしだ。マディはキッチンへ行くと、コーヒーメーカーをセットした。ティルダもやってきて、人数分のマグカップを食器棚から出してテーブルに並べた。彼女はマディのほうへ体を傾けると、頬にキスをした。「怒らないで」小声で言う。「わたしたちみんな、あなたを愛しているわ。それはわかってくれるわね。あなたを攻撃しようとなんて思っていない」

マディは横目でティルダを見た。「ありがとう、ティルダ。あなたはそうかもしれないけど、ほかの人たちも同じとはかぎらないわよね」

コーヒーメーカーがゴボゴボと音をたてて液体が落ち切ると、マディはそのポットを砂糖やクリームと共にカップのそばに置いた。そして、これ見よがしにぱんぱんと両手をはたいた。

「はい、これでホステスとしての義務は果たしました。あとはどうぞご自由に。さてと、教えてもらいましょうか。今日はいったいどんな用件があってわざわざお越しいただいたのかしら?」

ケイレブとマーカスが険しい顔で目配せをした。

「とぼけるのはよせ、マディ」ケイレブが言った。

「みんな最初はとにかく驚いたし、ずいぶん腹も立てたわ」祖母がみんなのコーヒーを注ぎながら言った。「そうするうちに、ロニーからエヴァの結婚式のときのことを聞いてね。あなたが彼女にどう言ったかを。それでわたしたちは気づいたの。想像をはるかに超える重大な問題が起きているのだと」

「持って回った言い方はやめてほしいわ」

祖母が腕を伸ばしてマディの手を押さえた。「本当のことを話してちょうだい、マディ。あなたは彼を愛しているの？　そうだとロニーは断言するのだけれど、あなたの本当の気持ちは違うと言ってくれることをわたしは願っていますよ」

マディは口を開いて、また閉じた。この複雑な思いを、今みたいにいきりたっている家族に吐露はできない。今でなくても、できる日はたぶん来ない。

「わたしの気持ちはわたし個人のものよ、ばばさま」マディは固い声で言った。「わたしにはジャックの潔白を信じる根拠がある、大事なのはそれだけだわ」

マーカスが、コーヒーがこぼれるほどの勢いでカップをテーブルに置いた。「もう黙っちゃいられない。いいか、マディ、客観的事実を思い知らせてやる。ジェットコースターが出発するぞ、しっかりベルトを締めろよ」

「やめて、マーカス」マディは首を振った。

「いや、やめるわけにいかない」ケイレブの声も険しい。「なぜなら、ぼくたちはおまえを愛しているからだ」

「ちゃんとした根拠があるのよ」マディは言った。「お願いだから、一度でいいから、全体像を見て。先入観なしに。心を開いて」

「ごめんこうむる。ぼくを手ひどく裏切ったやつだぞ。あいつは、バイオスパークに最大のダメージを与えられる完璧なタイミングを見計らっていたんだ。バイオスパークと、ぼく個人に。あれから何年もたって、今度はおまえに目をつけた。そしてぼくを痛めつける新たな方法を思いついた。おまえが傷つけばぼくも傷つくのをあいつは知っているんだ。そんなことさせるものか」

「お願いだから、わかって、兄さん」マディは懇願した。「誰かがジャックを陥れたのよ」

「違う」ケイレブが、分厚いアコーディオンフォルダーをテーブルにたたきつけた。「これは本来ここにあってはいけないものだ。ステッドマン刑事が知ったら怒り狂うに決まっているが、特別なコネを使ってジャックに関する捜査記録のコピーを手に入れた。一通り読んで、おまえにとって重要だと思われる箇所に付箋をつけておいた。言い逃れのしようがない部分にな」

「ジャックの部屋にほかの人間が侵入した形跡はないんだ」マーカスが言った。「そしてエナージジェン株の注文はジャックのパソコンから入っている。ジャック、ガブリエラ、クリーニングサービスのスタッフ——彼ら以外の指紋は検出されていない。リオ行きのチケットが入った封筒はジャックの指紋だらけだった。ブローカー宛てのメールはジャックの

ＩＰアドレスから送られてるんだぞ、マディ」

「金欲しさにバイオスパークの研究データをエナージェンに売ったか、あるいは向こうの製品が上だと思い込んで寝返ったか」ケイレブが言った。「どちらがより罪深いんだろうな。わからないが、ぼくにとっては同じことだ。エナージェンの防犯カメラには頻繁にあそこへ出入りするジャックの姿が映っていたそうだ。訪問の目的は不明」

「彼の友だちがエナージェンで働いてるの」マディは力説した。「アメリア・ハワードという人。ジャックはときどき彼女に会いに行っていたのよ。エナージェンといえば、ガブリエラが急にあの会社に入ったのはおかしいと思わない？　過去にあんな出来事があったのによ？」

ケイレブは肩をすくめた。「彼女のことは昔からどうも好きになれなかったが、株が発注されたときガブリエラはあの部屋にいなかったんだ。だから彼女じゃない。おそらく、もうエナージェンぐらいしか働き口がないんだろうよ。気の毒にな」

マディは必死にかぶりを振った。「一瞬でいいからジャックにチャンスをあげて。兄さんの頭の中でだけでも。彼がはめられた可能性を端から除外するなんて、フェアじゃないわ」

「まさに、それだ」ケイレブは言った。「ジャックはずっとそれにこだわっていたに違いないんだ。ぼくたちが、高校、大学と一緒だったときから。ぼくは学費の支払いにもインターンシップ先にも困らず、いい部屋に住んでいた。フェアじゃないとあいつは思いつづけていたんだろう」

「彼はそんな人じゃない！」

「ベイビー、それはできないわ」祖母が静かに言った。「そちらの扉は閉まっているの。厳重にね」

「おまえがあんなやつにのぼせ上がってしまうとは、残念でならないよ」ケイレブが言った。「目を覚ませ。大人になるんだ。頼む」

祖母がマディの手をぎゅっと握った。「可哀想（かわいそう）な子。とんだ男に捕まってしまったわね。わたしがもっと早くに手を打っていれば救ってあげられたのに。本当に残念だわ」

「わたしもよ」大きな緑の瞳を潤ませて、ティルダがマディの肩を抱いた。「アニカはまだばばさまのところにいさせてもらってるのよ。あの子もあなたに会いたがってるわ。一緒に帰らない？　家族全員で集まりましょうよ」

「いいえ、帰らないわ」声を詰まらせながらもマディは言った。「お願い、あなたたちは帰って。みんな帰って。よかれと思って言ってくれてるのはわかってるけど……今は一人にして」

祖母が、すっくと立ち上がった。どんなときに彼女がこんな顔になるか、よく知るマディは心の準備をした。

「何が目的でこんなばかな真似をするのか知らないけれど、結婚命令はまだ生きていますからね」祖母はきっぱりと言った。「覚えておいて、マディ。わたしはあなたを愛しているわ。いつまでもいつまでも、心から愛している。それだけは忘れないで。けれど、もしもあなたがあの男を選ぶのなら、うちの敷居はまたがせません。連絡もしないで。手紙もよこさないで。あなたとは縁を切ります。胸が張り裂ける思いだけれど、あなたがそれだけのことをしたのだからしかたがないわ」

岩のような塊を喉に感じながら、マディはごくりと唾を飲んだ。兄たちを見る。「兄さんたちは？　やっぱりわたしと縁を切る？」

沈痛な面持ちでケイレブは答えた。「あいつを妻や子どもに近づけたくない。妹に近づけたくないのと同じだ」

「なあ頼むよ、マディ」マーカスの顔もこわばっている。「ぼくたちを悲しませないでくれよ」

ティルダがマディの腕にそっと手を置いた。「ね、マディ――」

「わかったわ」マディは後ずさった。「よくわかりました。そのときは一人で生きていきます。未来永劫、家族には頼りません。だからお願い、みんな帰って。心を静めて考えたいの」

彼らが出ていくと、マディはドアを閉めた。二台の車が去っていくのをブラインドの隙間から見る。それぞれに、ティルダとケイレブ、祖母とマーカスが乗っていった。いなくなった。みんな、いなくなった。永遠の別れかもしれない。もし、わたしがジャックと運命を共にするなら。

マディはふらつく足取りでキッチンへ戻ると椅子に腰を落とし、汚れたカップや、コーヒーの輪染みや、散らばった砂糖をじっと見つめた。

そして、あのおぞましいファイルを。その重さと大きさでもってマディの自信に真っ向から挑もうとしているかのような、分厚いファイルを。

そろそろと手を伸ばして、そばへ引き寄せる。ずっしり重い紙の束を引っ張り出して、マディはそれを読みはじめた。

17

ジャックは借りたばかりのセダンをクラウン・ロイヤルの駐車場に入れると、スマートフォンを手に取った。これで何度めだろうか。落ち着け、ちゃんと息をしろ、と自分に言い聞かせる。

アメリアとランチを終えたはずの時間になってもマディから連絡はなかった。今に至るまで、なしのつぶてだ。電話もメールも何も来ない。まったく彼女らしくない。とはいっても、パラダイスポイント以来、二人が別々の時間を過ごすのは今日が初めてなのだった。たまには一人になりたいと思っているのかもしれない。絶えず何かに煩わされるのはいやなのかもしれない。没頭するタイプの人間は、得てしてそういうものだ。ジャック自身、かつてはそんなふうだった。夢中になってプロジェクトを進めているときなど、外の世界の存在を忘れたものだ。そうだ、今のマディはそういう状態なんだ。

〝せいぜいそうやって自分を納得させるんだな、ダリー〟ジャックは心の中でつぶやいた。

何かに没頭するあまり連絡も忘れるなど、恋をしている女性ならありえないことだと、本当はわかっていた。

もう一度かけてみたが、すぐ留守番電話に切り替わった。ジャックは、もうメッセージを残さなかった。すでにいくつも入れてあるのだ。

どうすればいい？　彼女の身内に電話して、マディは無事ですかなどと尋ねられるわけもない。

彼女と音信不通になるまでは順調な一日だった。明日の会議の準備は万端整った。開発に協力してきた酵素リサイクル製品が日の目を見るかもしれない大事な会議だ。その準備を終えてから、レンタカーを借りに行った。人生を立て直し、もとの仕事に少しでも近づこうとしてきた努力が、実りつつあると思えた一日だった。

マディと一緒に今夜もシャンパンを開け、美味でお洒落なシェフズチョイスを味わいたい気分でいた。山々や煌めくビル群を眺めながら、テラスのジャグジーでくつろぐのもいいと思っていた。ぶくぶく泡立つ熱い湯に裸でのんびりつかるのだ――世界一美しい女性と一緒に。

どれだけ電話しても連絡をよこさない女性と一緒に。

最上階のスイートルームへ足を踏み入れると、部屋は暗く、ひとけはなかった。マディが戻っていることを期待していたわけではなかったが、ジャックの気持ちはさらに数段、落ち込んだ。

ジャックは窓の外に広がる夜景をぼんやり見つめた。愚かで無知な若者だった頃、未来だけが存在していた頃、都会の夜の輝きを眺めては思ったものだった。あの光は可能性だ、解明すべき謎だ、自分はこの街を征服するんだ、と。しかし月日が流れ、いわれなき疑いをかけられる身になると、光は無数の非難の目のように思えてきた。

そうして、獄に繋がれた。そこに光はなかった。暗黒の世界だった。

マディのスーツケースが消えている。彼女の気配がまったくない。昨日の夜、この空間には希望と可能性が満ちあふれていた。けれども今、静けさの中でジャックが感じるのは、漠然とした不安だけだった。

スーツを脱いでネクタイをはずし、ジーンズとスウェットシャツに着替えると、ジャックは階下のバーへ向かった。マディから連絡があった場合に備え、スマートフォンを手に持った。まずバーを覗いてから、広いロビー、いくつかある会議室、コーヒーショップ、カフェ、レストランと、一通り見て回った。ジムとスパも見た。そうしてまたバーへ戻ってきた。

するとそこにマディがいた。ほかを回っているあいだに来ていたようだ。奥に座った彼女の顔が、ボトル棚のあいだの鏡に映り込んでいる。ジーンズにゆったりしたブルーのニットを着て、カーリーヘアはアレンジもせずそのままだ。目は伏せられて、前には酒がある。あれはウィスキータンブラーだろう。ジャックが近づいていくと彼女がこちらを見た。「お疲れさま」そう言ってグラスを掲げるも、笑顔はない。

数歩手前でジャックは足を止めた。「何度か電話したんだが」

「今日はすごく集中しないといけなかったから」

一瞬ジャックは、理不尽な怒りにかられた。「九時間も?」

「ええ」それ以上の説明はない。

ジャックは彼女が飲んでいるものに目をやった。「珍しいね。きみがウィスキーを飲むのは初めて見た。好きなのはモヒート、コスモポリタン、モスコミュール、マルガリータじゃなかったかな」

「そういうのはなんだか浮かれてる感じがして」どこかぼんやりした口調だった。「今夜の気分に合わないと思ったの。お酒らしいお酒が飲みたかったのよ。祖母がわたしたちに腹を立てたときに飲むのが、これ。シングルモルトスコッチ、オーバン十四年。大人のお酒よ」

なるほど。つまり今夜はシャンパンもジャグジーも、なしということだ。バーテンダーの視線を感じたジャックは、マディのグラスを指さして言った。「同じものを、ぼくにも」

女性バーテンダーはジャックの顔を一瞥（いちべつ）すると、哀れに思いでもしたか、気前よくタンブラーを満たした。鏡に映った自分の姿が目に入る。なじみのある暗い表情。来（きた）るべき苦しみに備えようとする顔だ。

ジャックはマディの隣に腰を下ろすと、ウィスキーを一口飲んだ。文字どおり焼けつくような刺激が喉を落ちていく。炎と煙を飲んでいるようだった。

さあ、早いところ終わらせよう。「で、どうだった？」

マディは疲れたように目をこすった。化粧はしていない。素顔の彼女は、無防備で傷つきやすい子どものようにも見える。「そうね、アメリアの話はとても興味深かった」彼女は話しはじめた。「でも、ひどく苦しんでいるような印象を受けたわ」彼女は早急に新しい仕事を見つけるべきね。あの場所は彼女にとって害にしかならない。それでも、あなたから聞いていた話をすべて裏付けてもらえた。それはもう、きっぱりと。これであなたはずいぶん有利になったわ。たとえすべてを公にする勇気が彼女になくても」

「あれが起きたとき彼女は入院していたんだ。病気だった。退院できたときには、ぼくはすでに収監されていた。釈放されたとき、ぼくは考えた。彼女を巻き込むのはやめよう、彼女の人生まで滅茶苦茶にする必要はない、と」

マディは、低く呻くような声を出した。「わたしたちが話しているところへガブリエラ・アドリアニとビル・グリアがひょっこり現れた。そんな偶然がある？ 彼女、エナージェンのシニアバイスプレジデントになるんですってね。つい最近、入社したそうよ」

「ガブリエラがエナージェンに？」ジャックは心底驚かされた。

「ええ。ビル・グリアも。彼は警備主任。アメリアが言ってたわ、ビルとガブリエラはつきあってるって」

ジャックは顔をしかめた。「アメリアはいたたまれないだろう。それは確かにあのガブリエラなのか？」

「間違いないわ」

「それで、どうなった？」

マディは肩をすくめた。「最初はどうということはなかったわ。軽い脅しみたいなことを言ってアメリアを困らせてたけど、まああリがちなことよね。でもそのあと、ガブリエラとグリアはわたしを駐車場まで追ってきて、行く手を塞いだ」

背筋が寒くなり、ジャックはグラスを置いた。「なんだって？」

「言ったとおりよ。グリアからフラッシュドライブを押しつけられたわ。シルヴァン・ラグジュアリー・コンドミニアムの防犯カメラの映像だと言って。ブローカーにメールが送られた夜の」

「観たのか?」

「ええ」

ジャックはウィスキーグラスを見つめた。「あれは謎だ」暗い声でつぶやく。「どうしても解明できない」

「そうね」マディは小さな声で言った。「そうでしょうね」

ときおりグラスに口をつけながら、しばらくどちらも黙って前を向いたままでいた。

「電話に出なかった理由はそのビデオだったのか?」ずいぶんたってからジャックは言った。

「それもあるけど」マディは答えた。「ビデオを観たあと、スーツケースの中身を入れ替えようと思ってうちへ帰ったの。そうしたら、祖母とケイレブとマーカスとティルダ、全員が押しかけてきた。わたしの家を見張っていたに違いないのよ。本当にさんざんな一日だったわ」

ジャックはバーテンダーに、もう一杯という合図を送った。「よほどこたえることを言われたんだな」

「言われただけじゃなくて、ケイレブからはファイルを渡された。ステッドマン刑事の捜査資料のコピーですって。読めと言って置いていったわ」

「なるほど」ジャックの声に生気はなかった。

「こたえたというより、理解が追いつかないことが多すぎる。そのファイルだって、とんでもない分厚さよ。開かなくてもぞっとさせられるわ」

そのとおりだ。一連の資料を見せられたときにはジャックも驚愕した。すべてが捏造だった。それでいて、なぜかすべてに裏付けが取られていた。呪いでもかけられているのかと思ったものだ。自分のＩＰアドレスに呪われ、地獄に落ちるのか、と。

「きみの言うとおりだ。確かにあれにはぞっとさせられる」

「何ひとつ腑に落ちないのよ。あなたのＩＰアドレスからブローカーに送られたメール。あなたの部屋からガブリエラが出たあとは誰の出入りもない映像。あなたの指紋だらけの封筒に入った航空券。パナマの銀行の――」

「マディ」無駄だと知りながら、繰り返さずにいられなかった。「何度も言うようだが、ぼくはやっていない。いかにもぼくの仕業のように見えるかもしれない、でも、ぼくじゃないんだ」

美しい琥珀色の目がジャックに据えられた。まるで彼の魂を覗き込もうとしているかのような、強い視線だった。「ジャック、わたしは……」声が途切れた。否定するように手を振りながらマディは続けた。「信じていないわけじゃないの。あなたを愛していないわけでもない。わたしはただ……混乱しているの。心が引き裂かれる思いだわ。これだけ決め手が揃っていても、信じてほしいとあなたは言う。でも、どれも動かしがたい事実よ。だから目を覚ませと家族はわたしに迫った。わたしのほうには、しがみつける確かな証拠がない。あなたがどんな人か、わたし自身がつくり上げた物語しか。そのとおりの人であってほしいと心から願っているけど願うばかりで、自分を信じ切れずにいる。どちらを向けばいいのかわからない。何を見ればいいのか」

「ぼくはずっときみを信じていたよ」

「わたしを苦しめないで。それを言うのはフェアじゃないわ」鋭い声でマディは言った。「谷底に激突する前に空の飛び方を発見できると信じて、あなたと一緒に崖から飛び降りられたらどんなにいいかしら。でも……飛び降りられる気がしない。そこまで思い切ることが……わたしにはできない」

ジャックは二杯めのスコッチを飲み干すと、紙幣を出してグラスの下に置いた。「わかった」必死に平静な声を出した。「そもそも、きみを巻き込んだのが間違いだったんだ」

「あなたを信じていないわけじゃない」マディがまた言った。「あなたから真実のオーラが出ているのはちゃんとわかる。だけどまるで、タールの沼にはまったみたいな感じがするの」

ジャックは席を立った。「わかるよ、その感じ。嘘に引きずり込まれるんだ。そのままにしておくと溺れ死んでしまうかもしれない」

マディは顔をしかめた。「やめて、ジャック」

「すぐに荷物をまとめてチェックアウトするよ」

「ごめんなさい」

マディの瞳に滲む苦悩の色が、ますますジャックをいたたまれなくさせた。後ずさりしながら彼は言った。「きみの幸せを祈っている、マディ。いつも――いつまでも」

ジャックはエレベーターへ向かった。前がよく見えず、気を抜くと壁にぶつかりそうだった。

九年前に人生を揺るがす出来事が起きたとき、この世にこれ以上の試練はあるまいと思ったものだが、あれは間違いだった。仕置きはまだ終わっていなかった。

最も過酷な罰を、神は最後まで取っておいたらしい。

18

十日後

イヤフォンから流れてくるのは、ムーンキャット・アンド・ザ・キンキーレディーズの最新曲《冷たいエンジェル》だ。ジョギングを続けながらマディがスマートフォンを確かめると、走った距離は十キロを超えていた。まだこれから、来た道を帰らなければならない。

バーでジャックと別れた夜以来、マディは毎日走っている。心の痛みから離れるために走りはじめたのに、走っても走っても、それはしつこい影のようにぴたりとマディについてくる。

モス家の面々とは顔を合わせないようにしていた。二人の兄たちは妹を慰めようとするのだが、彼らが懸命になればなるほどマディの心は落ち込むのだった。ティルダ、ロニー、マーカス、ケイレブ、友人たち、みんな熱心に慰めてくれようとする。幼いアニカまでが、ピンクの砂糖衣と銀の粒々で飾ったレモンカップケーキを焼いて持ってきた。早く元気になってねと言って。

そのいじらしさに、マディは胸がいっぱいになった。優しくて愛らしいアニカにだけは、不機嫌な顔を見せられなかった。兄ケイレブに、当の本人も知らなかった実の子がいると判明して以来、マディは姪を溺愛してきた。そして小さな女の子との関係が深まるにつれ、自分が母になる日を夢想するようになっていた。最近では、ジャックと築く家庭を夢に見はじめていたのだった。

その家に生まれる子どもたちの可愛い顔を何度も想像した。まだジャックの無実を証明できると信じて疑わなかった頃の話だ。証明に失敗した今、夢は霧の彼方に消え去り、もう取り戻すことは叶わない。

消えてしまったもうひとつの人生を思っては嘆き悲しむ日々が、きっと永遠に続くのだ。ひとつだけ確かなことがある。三十歳になるまでにマディ・モスが誰かと結婚することはない。いや、三十を過ぎても結婚はしない。モステックは荒れ、ジェローム叔父はほくそ笑むだろう。

ケイレブ、マーカス、ティルダの三人は、きっと変化を乗り越えてくれる。彼らには優れた力があるのだから。困難に立ち向かう気概も。別の仕事なり会社なりが必ず見つかるはずだ。

先週、マディは兄二人と祖母に宛てて手紙をしたため、それぞれの自宅へ郵送した。結婚命令には従わないという最終結論を出したことを知らせるためだった。この決断の影響が自分だけでなくみんなに及ぶことは、言葉に尽くせないほど申し訳なく思っていますと書き、みんなを愛しています、しばらく一人で考えさせてください、と締めくくった。そして、返信が届く前に戸締まりをして友だちのマンションへ移った。スマートフォンの電源を切り、ＳＮＳも遠ざけた。

誰も正面切ってマディを嘲笑ったり、ほらやっぱり、などと言いはしないのはわかっていた。良識ある家族はそんなことはしない。それでも、陰で囁きが交わされ、同情の目で見られ、励まされ、忠告をされるのだろうと思うと、うんざりだった。今はまだそれに耐えられる精神状態ではない。もし家族と過ごせば、しまいには取り返しのつかない言葉を吐いてしまうかもしれない。

好都合だったのは、六週間の予定でロンドンに滞在中の友人ウェンデから、留守宅の鍵を預かっていたことだった。ウェンデが帰ってきたら、次はハワイにいる大学時代の友人、ロリーナのところへ行くつもりにしている。自社の会計監査を頼みたいとロリーナから連絡があったのだ。渡りに舟だった。航空券もすでに予約をした。出発は二日後だが、マディは待ち切れない思いだった。どこへ行こうが、この胸の痛みはついてくるのかもしれないけれど。

公園を抜け、広い通りを走っている途中、とある六階建てのオフィスビルのロゴが目に留まった。

〈バラード・ケムザイン〉、かつてモステックと提携していた化学メーカーだ。スティーヴ・バラードと妻のジョディとはマディも面識がある。人柄のいい、堅実そうなカップルだった。互いに信頼し合っているのが傍目（はため）にもわかった。プロフェッショナルとして夫婦一緒に仕事ができるのは、とても幸せな人生だろう。

いけない、いけない。考えをそちらの方向へ向けてはだめだ。マディはペースを上げた。ムーンキャットの囁くようなリフレインが耳に流れ込む。

冷たい天使が探しているよ　愛に潜む苦い真実を
もうじき気づくよ　真実は高いところからしか見えないと
うんとうんと高いところからしか

そのときだった。十字路の一角を占める集合住宅の銘板が目に入った。シルヴァン・ラグジュアリー・コンドミニアム。嘘でしょう？　と、まず思った。心を少しでも軽くするために何キロも走って、行き着いた先がジャックの住んでいたコンドミニアム？

運命はどこまでわたしを虐(いじ)めるのか。しれっとした顔で、こんなにも悪意あるいたずらを仕掛けるとは。

角を曲がったところで巨大な足場に行く手を阻まれ、マディは急停止した。シルヴァン・ラグジュアリー・コンドミニアムは外壁補修工事の真っ最中だった。前へ進むには、いったん道路を渡って工事現場を迂回(うかい)するしかなさそうだ。荒い息をしながら顔を上げると、作業員たちが三階の窓から、ロープに結ばれた大きなバケツを下ろすところだった。中身はコンクリートの瓦礫(がれき)のようだ。イヤフォン越しに、リフレインがひときわ大きく耳に響く。

もうじき気づくよ　真実は高いところからしか見えないと
うんとうんと高いところからしか

マディは体をまっすぐに起こすと額の汗を拭い、今度は上昇するバケツを目で追った。

回れ右をして角を戻り、もう一度バラード・ケムザインの社屋を眺める。一帯に立つどのビルよりも、それは四階分ほど高い。

黒いスポーツカーが、コンドミニアムのゲートが開くのを待っていた。マディはランナーらしくその場で足踏みを始め、ゲートが開くと車に続いてそこを走り抜けた。

案内表示に従い、ジャック、アメリア、ガブリエラの居住棟である六号棟までやってきた。臀筋(でんきん)やハムストリングのストレッチをしながら建物を一周し、あらゆる角度から観察をした。ジャックの居室は四一六号室だった。アメリアの住まいはその上階、斜め上にあたる五一八号室。

ビデオで見た大木が、長く太い枝をジャックの部屋のすぐ外まで伸ばしている。あの木の枝葉が風に揺れていたのだ。

木は当時よりも高くなっている。九年もたっているのだから当然だ。ビデオの中で、ほかの木はどんなふうに揺れていたのだったか。そちらには注意を払っていなかった。ジャックの部屋のバルコニーだけを凝視していたのだ。何者かが侵入しはしないかと、そればかり見ていた。

防犯カメラは六号棟のこちら側全体を映していたが、四一六号室の一箇所が死角になっていたことにマディは今、気づいた。あの木の枝がかかる部分だ。ほかの部屋の同じところには小さな窓がある。おそらくバスルームだろう。

四一六号室のその窓だけが枝葉に隠され、カメラに映っていなかった。

マディはバラード・ケムザインのビルを振り仰いだ。距離や角度からして、もしあそこにカメラがあれば、死角になっていた四一六号室の小窓が映っているかもしれない。

ふと気づくと、マディは周囲の注目を集めはじめていた。じろじろと胡散臭そうにこちらを見ながら住人が歩いていく。そろそろ退散してジョギングに戻らなければ。何をしているのかと咎められたり、最悪の場合、警察に通報されたりする前に。警察にマディを迎えに来たケイレブや祖母がなんと言うか、想像しただけでぞっとする。迎えに来れば、の話ではあるけれど。

ゲートのほうへ戻りながら、マディはスマートフォンをアームバンドからはずした。ジョディ・バラードの連絡先を表示し、電話をかける。

「はい、〈ジョディ・バラード・オフィス〉です！　わたくしサマンサがご用件を承ります」若い女性の元気な声が応答した。

「こんにちは。ジョディをお願いできますか？」

「失礼ですが、どちらさまでしょう？」

「あ、ごめんなさい。マディ・モスです。モステックの」

「まあ！　はい、少々お待ちください」

魔法の電話一本でなんでも思うままにできるんだなと、からかうようにジャックに言われたのを思い出す。確かに、モステックという言葉には魔法じみた力がある。けれどそれはマディ個人の手柄でもなんでもない。祖父であるバートラムの力だ。たまたま彼の孫に生まれたというだけだが、その偶然を利用しない手はなかった。

「マディ！」ジョディ・バラードの温かく朗らかな声が聞こえてきた。「お久しぶりね、嬉しいわ！」

互いに当たり障りのない挨拶を交わした。礼儀を欠かない程度に手短にそれを切り上げると、マディは本題に入った。「あのねジョディ、つかぬことをお尋ねするんだけど。ブレイク・ストリートのケムザイン・ビルの防犯カメラに、はす向かいにあるシルヴァン・ラグジュアリー・コンドミニアムは映り込むかしら？」

ジョディは少し考えていた。「ええ、たぶん」彼女は言った。「全方向が映るようになっているはずだから。それがどうかしたの？」

「九年前の映像なんて残ってないわよね？」

「それはまた古い話ね。すぐにはなんとも言えないけど、どうして？」

「ちょっと賭けてみようかと思って」マディは言った。「バイオスパーク、覚えている？

兄のケイレブがジャック・ダリーと一緒にやっていた会社。昔、世間を騒がせたでしょう？」

「忘れるものですか。ケイレブは本当に気の毒だったわ」

「当時、ジャック・ダリーはシルヴァン・コンドミニアムに住んでいたのよ。本人には覚えのないメールが彼のデスクトップパソコンから送られて、エナージェンの株が買われていたの。はめられたんだと彼は言っているけど、その夜、彼の住まいに誰かが忍び込んだ形跡はないわ。少なくとも、シルヴァンの防犯カメラには映っていない。問題のメールは午前二時十分に送られている。そのときのビデオを見ていてわたし気づいたんだけど、カメラに死角があるのよ。でも、ケムザイン社の最上階やその下の階からはきれいに見えそうなの。だから、もしそこにカメラがあれば、ジャックが住んでいた部屋も映り込んでいるんじゃないかと思って」

ジョディはしばらく無言だった。「思ってもみなかったリクエストだわ。九年前の防犯カメラの録画映像とはね」

「突拍子もないお願いだってことはよくわかってるの。無理ならいいのよ、本当に」

「あら、無理とは言っていないわよ。ただ……もしあなたが個人的な理由からジャック・ダリーの無実を証明しようとしているのなら、期待しすぎないほうがいいんじゃないかしら」

「それは大丈夫」マディは急いで言った。「期待はしていないから。念には念を入れて、と思っているだけ。あとは、公正を期すために。ビデオが残っているなら、見ない理由はないじゃない？」

「もちろんよ。すぐ警備担当に問い合わせるわ」

「サマンサにメールアドレスを伝えておくわね。ありがとう、ジョディ。わかってもらえて嬉しいわ」

「できるだけ早く返事をするから」ジョディは力強く言った。「警備のほうから回答が来るまで、少しだけ待っていて」

ウェンデの家までの帰路を、マディは足に羽が生えた気分で走り通した。そうして帰り着くなり、シャワーも浴びずにパソコンの前に腰を下ろした。

メールボックスには未読のメッセージが山ほどたまっていた。ほとんどは家族の誰かからのものだが、最新の二通は違った。まず、ジョディ・バラードからのメールを開く。

マディ。警備担当者がビデオを発掘しましたよ。お役に立てればいいのだけれど。また経過を知らせてください。幸運を祈っています！

もう一通の差出人は、ケムザインの警備担当者だった。

ミズ・モス
ご要望のありましたビデオを添付にてお送りいたします。当日の午後六時から午前六時までの記録になります。フォーマットに関して何かお困りのことなどありましたらお知らせください。

マディはビデオを再生した。ガブリエラが退出する少し前、午前零時まで早送りする。あとで必要になれば、時間枠を広げればいい。
まず気づいたのは、まったくの無風だということだった。時間が経過しても、木々はそよともしない。カメラは手前の棟の最上階にある屋外カフェに向いており、奥の六号棟も鮮明ではないけれど映っている。カメラが上から見下ろす格好だ。
しばらくすると動きがあった。画面に一瞬、黒い影が現れ、すぐにそばの木に紛れて消えた。影はバルコニーから現れたが、ジャックの部屋のバルコニーではなかった。斜め上、アメリアの部屋だった。

再生速度を落としてもう一度観た。影はアメリアのバルコニーの手すりを乗り越えるとロープをつかみ、茂る葉の中へ消えた。枝が大きくしなり、揺れる。太い枝を伝って移動しているのだろう。ジャックのバルコニーからは見えないはずだ。侵入者は葉陰に身を隠したまま、バスルームの窓から中へ入ったのだ。

窓は、ジャックの不実な婚約者によって内側から開けられていたのに違いない。

自分がぽろぽろ涙を流しているのに気づいてマディは驚いた。両手で口を押さえて、身もだえするように体を揺らしていた。

ああ、ジャック。あなたは世間から爪弾きにされた。獄に繋がれた。わたし自身、苦悩するあなたを置き去りにした。一人ぼっちにさせた。あなたに罪はなかったのに……あなたは悪いことなど何ひとつしていなかったのに。

自分のことが恥ずかしくてたまらない。けれどマディは、魅入られたように続きを見ずにはいられなかった。

十六分後、木の枝が揺れだした。と思うと、黒い影がするするとロープを伝ってアメリアのバルコニーへ戻っていった。着地するとロープを引き上げ、部屋の中へ姿を消した。

一連の動きは、下からではまったく見えない。

彼らがジャックを陥れたのだ。巧みに、やすやすと。あんなに善良で真面目な人を。彼らの頭の中はいったいどうなっているの？　まったく理解不能だ。

スマートフォンが鳴った。ジョディ・バラードからだった。マディは通話ボタンを押した。「ジョディ？」

「観た？　わたし、観たわよ」ジョディは興奮していた。

「あなたも観たの？」

「ええ。スティーヴも帰っていて、一緒に観たわ。ああ、マディ。これですべてが変わるのね。そうよね？」

「ええ」マディは声を詰まらせた。「ええ、ええ、すべてが変わるわ」

「ああ、マディ。一人で大丈夫？　そっちへ行きましょうか？」

「大丈夫よ」マディは囁くように言った。「ありがとう、ジョディ」

「警察へはあなたから話す？　それともわたしたちが連絡する？」

「担当した刑事にわたしから話すわ。これから電話する。終わったら知らせるわね」

「わかったわ。わたしたちにできることがあればなんでも言って。警察からこちらに直接連絡してもらってもいいし。ああ、マディ、これはすごいことよ。早くたくさんの人に知らせたいわ。あ、そうだ、人に話してもかまわないわよね？」

「もちろんよ。撮影したのはそちらだもの。あのビデオはあなたたちのものよ。誰に話してくれてもいいわ。知る人が増えれば増えるほどジャックは救われるんだから」

「楽しみだわ」ジョディは浮き浮きしている。「これほど衝撃的な噂話を広めるのは初めてよ。しかも、いい話だから良心が咎めることもないし。わたしはジャック・ダリーが悪い人だと思ったことはなかったわ。だからあの一件には違和感があったのよ。なんとなくしっくり来なかった」

「ありがとう、ジョディ。この話、広めてちょうだい。できるだけたくさんの人に」

「こちらこそありがとう。大切なことに目を向けさせてもらえて本当によかった。とてつもなく理不尽な扱いを受けてきた人が、ようやく救われるのね。少しは力になれたんだと思うと、こんなに嬉しいことはないわ」

「わたしもまったく同じ気持ちよ」

通話を終えてもマディはまだ夢見心地だった。ジャック・ダリーの名誉はもう回復されたも同然だ。ジョディはIT業界において顔が広いうえに大の話し好きときている。これ以上の幸運はないだろう。

そのまましばらく宙を見つめていたが、いつまでもこうしているわけにはいかないのだった。マディは急いで兄宛てにメールを打つと、くだんのビデオを添付した。

ケイレブ兄さん、ジャックのことはあなた方が間違っていました。この映像は、エナージェン株が買われた夜、バラード・ケムザイン社の防犯カメラに映っていたものです。午前二時五分まで早送りしてみてください。侵入者はアメリア・ハワードの部屋からロープを伝って降下し、バスルームの小窓からジャックの部屋に入り込んだのです。兄さんの目で確認したら、ステッドマン刑事に連絡してビデオを転送してください。

マディ

メールを送信するときも、激しい感情が込み上げて手が震えた。

二十分ほどして電話が鳴った。画面に表示されているのは兄の名前だった。

マディは電話に出た。「観てくれた？」

「マディ……いや、なんと言えばいいのか……」ケイレブは呆然としているようだった。

「兄さんが言うべき言葉はいろいろあると思うけど。とくにジャックに対しては。ばばさまには話した？」

「ああ。まだ半信半疑だが――」

「ばばさまにもビデオを観させて。あれを突きつけられたら信じないわけにいかないでしょう？」

「しかしマディ、これですべての謎が解けたわけじゃ――」

「全部、解けたわ。アメリアはジャックの斜め上の部屋に住んでいた。グリアはアメリアとつきあっていたけど、それは彼女の部屋に出入りするためだった。あの晩、グリアは彼女に薬を飲ませた。あの男が持参したワインを飲んでアメリアは気を失ったのよ。ガブリエラも同じようにしてジャックを眠らせたのに違いないわ。そうして彼のパソコンに彼のパスワードを打ち込み、バスルームの窓を開けた。部屋を出たあと、アリバイ作りのためにナイトクラブへ出かけた。そのあいだにグリアが彼女に代わって汚れ仕事を実行した。ジャックはスケープゴートにされたのよ。そしてみんなが騙された。ジャックのいちばんの友だちでさえ」マディは大きく息を吸った。「そして、わたしでさえ」囁く声で最後にそう言った。

「ぼくを責めないでくれ。今はビデオの衝撃が大きすぎる」

「そうでしょうね、それはわかるわ。ステッドマン刑事には連絡した？」

「もちろんだ。このビデオを送った。今、観ているはずだ」

「ジャックに電話して」マディは声に力をこめた。

「マディ、ぼくは――」

「電話して。今すぐに。彼の番号をそっちへ送ったわ。それぐらいはするべきでしょう、兄さん。真実を知ったと言ってあげて。彼にとってそれはすごく大きな意味を持つことなの」

「なぜおまえが言わないんだ？　ジャックはぼくよりもおまえから聞きたいだろうに」

「いいえ」声が詰まった。「彼はわたしとは話したがらないはずよ。兄さんたちみんなに責めたてられたあと、わたしはジャックを見捨てたの。とんでもない意気地なしだと自分でも思ったわ。ジャックはわたしの顔も見たくないでしょうね。だとしても彼を責めることはできない。責められるわけがない」

「ばか言うなよ、マディ」ケイレブがぶっきらぼうに言った。「おまえは今どこにいるんだ？　教えてくれ。会って、大人同士、落ち着いて話し合おう」

「今は自分が大人だと思えないの。それじゃ」

電話を切り、配車サービスの番号を呼び出す。「もしもし？」相手が出ると、マディは言った。「マディ・モスといいます。一時間後に空港までお願いしたいんです」住所を告げ、通話を終えた。

二日後の便まで待つのはやめにした。ここでのわたしの仕事は終わったのだ。夕陽（ゆうひ）に向かって去っていこう。心がどれほど荒涼としていても、人生の次の段階へ進まなければ。臆病風に吹かれていては、地上の楽園で過ごすチャンスを逃してしまう。後戻りはできない。あそこへ続く橋は燃え落ちてしまったのだから。わたしが、自分で、燃やしてしまったのだから。ずっといたいと心から望んだ唯一の場所……あそこへはもう戻れない。

ジャック・ダリーの腕の中へは。

19

コーヒーは冷め切っていた。

このところ、しょっちゅうだった。コーヒーをいれ、椅子に座る。雨粒がクリーランドの森の家の天窓を伝うのを、あるいは外のシダからぽつりぽつり滴り落ちるのを、ぼんやりと眺める。一時間か二時間たって、カップを見る。コーヒーはまた冷めている。それの繰り返しだ。

少し前にジャックは電話の着信音を止めた。あまりにうるさかったからだ。誰も彼もが大騒ぎだ。ジャックの連絡先を捜しあてたかつての友人知人はみな口を揃える。きみは潔白だと最初から思っていたよ、と。

ほう、そうだったのか。素直にそれを信じられたらどんなにいいだろう。喜ぶことができればもっとよかった。長い年月、夢に見つづけてきたことがついに現実になったのだ。

しかし達成感はない。なぜなら、待ち望んでいる一本の電話あるいはメッセージが、いっこうに届かないからだ。それでも自分は待つことをやめられずにいる。希望を捨てられずにいる。

マディは、いつもどおりの鮮やかな手際で真相を突き止め、全世界へ向けてジャックの汚名を晴らしてみせたあと、姿を消した。

冷めたコーヒーをシンクに流しながら、もう一度いれようかとちらりと思ったが、考え直した。どうせまた同じことになる。引き際を知ることも男には必要だ。

ジャックはパソコンを立ち上げると、未読メッセージが連なる画面を淡々とスクロールした。ステッドマン刑事からのメールが何通か。あとはほとんど、バイオスパーク・スキャンダルが起きると同時に離れていった仕事関係者からだった。これからまたよろしくと、誰もが熱く語っている。感動的だ。有益でもある。キャリアを立て直すにあたって、これらは役に立つんだろう。たぶん。

しかし今はまだ、彼らに愛想よく返信する気になれない。

エレイン・モスからは手書きの手紙が送られてきた。モステックのレターヘッドが入った便箋に、堅苦しいけれど誠意のこもった言葉が綴られていた。きみを疑ったことは一度もなかったなどと書かれた数々のメールより、この手紙のほうがよほどジャックの胸に響いた。エレインは心にもないことを言ったりしない。みずからの過ちを認める勇気が彼女にはある。そして彼女は、償いをしたいと申し出ている。大した人だとジャックも認めないわけにいかなかった。

表で車のエンジン音がした。ジャックは心臓を高鳴らせて窓へ駆け寄ったが、マディのミニクーパーではなかった。見慣れない黒いポルシェだ。

とまったその車から降りたったのは、ケイレブ・モスだった。

ジャックの内でさまざまな感情が沸きたち、入り混じった。意識的に自分で自分を観察すれば、それらは失望であり怒りであり悲しみであり困惑だった。

そしてそこには、希望も交じっているのだった。

ケイレブは車のそばにたたずんだまま、家に近寄ろうとはしない。窓辺のジャックには気がついている。

ジャックは深呼吸をひとつして、玄関へ向かった。そして、ドアを開けた。

二人で見つめ合った。たたきつけるような雨が降っている。空気はじっとりと湿り、濡れた土の匂いを含んでいる。

ケイレブは雨をよけようともしない。一歩も動かず、ただ招き入れられるのを無言で待っている。

もう、どうとでもなれ。ジャックは心の中でつぶやくと、ぶっきらぼうに手招きして言った。「入れよ。びしょ濡れじゃないか」

ケイレブはジャックのあとについて中へ入ってきた。「最高の立地だな。渓谷も川もいい」

「貸別荘だが、気に入ってるんだ。少しでも時間ができるとここへ来る。町までは遠いが、長いドライブも苦にならない」

「だろうな」二人はまた無言で見つめ合った。ジャックは呪縛を解こうとでもするように、椅子に向けて手を振った。「かけてくれ。コーヒーをいれるよ」

ケイレブがテーブルにつくと、ジャックはキッチンでコーヒーをいれはじめた。さすがに今度は、ぼんやりしてしまう心配はなさそうだった。空気がここまで緊張をはらんでいるのだから。

「いくら電話してもおまえは出ない」ケイレブが言った。「メールに返事もない」

コーヒーメーカーをセットして、ジャックはテーブルについた。「ばたばたしていたんだ。この一週間、いろいろあって」

「ビル・グリアとガブリエラ・アドリアニが何もかも白状したらしい。どの新聞にも大きく取り上げられてる。『タイム』と『ワイアード』には長い記事が掲載された。『エコノミスト』にも。読んだか？」

「いや」

「ジョエル・ルブランがぼくたちの研究データを盗んだと認めたそうだ。業界は大騒ぎだ。司法関係者には悪夢でしかないだろう」

「しばらくは騒がしいだろうな」

「やつらの計画の周到なことには恐れ入ったよ。部屋を使うためだけに女に近づくとは、グリアってやつは最低な野郎だ。ガブリエラもとんだ食わせものだったな」

「結婚の話まで出ていたんだ」暗い声でジャックは言った。「そんな話をしながら、頭の中ではぼくを破滅させる計画を練っていたんだな。ぼくには女性を見る目がまったくないってことだ」

「そうかな」注意深く感情を排した口調でケイレブが言った。「マディを選んだじゃないか」

ジャックは肩をすくめた。「彼女はもういない」

「ああ。だが、いない理由はそう単純じゃない。原因の一端はぼくにも――」

「確かに、おまえには反対されていた」ジャックはケイレブの言葉をさえぎった。「しかしそこはぼくにも責められない。少なくとも、その部分については。もし彼女がぼくの妹だったら、ぼくも同じように反対しただろう」

「わかってもらえたらありがたい。連絡はしたのか？」

すぐには意味がわからなかった。「ぼくがマディに？　彼女は去っていったんだ。ぼくに何が言える？」

「礼ぐらい言えるだろう」ケイレブが大きな声を出した。「マディはあきらめなかった。粘り強く真実に迫った。ほかの誰にもできないことだ。おまえにさえ」

ジャックは何度もかぶりを振った。止まらないかと自分でも思うほど、何度も。「ぼくだって連絡したい、追いかけたい。でも、そんな度胸はないよ。自分を捨てた相手にしつこくつきまとうストーカーみたいなことは、したくないんだ」

「それは違うだろう。マディは、自分のほうがおまえに嫌われたと言ってたぞ」

ジャックは思わず背筋を正した。「なんだって？　彼女がそう言ったのか？」

「こう言ったな。〝兄さんたちに責めたてられたあと、わたしはジャックを見捨てたの。とんでもない意気地なしだと自分でも思ったわ。ジャックはわたしの顔も見たくないでしょうね〟」

ジャックは口をパクパクさせた。「いや、ぼくは……でも、彼女が……」

「おまえの人生には、ガブリエラとその陽気な仲間たちに開けられた大きな穴がすでにある。そのうえマディまで失うんだぞ。おまえに意気地がないばかりに」

コーヒーメーカーがゴボゴボと音をたてた。知らされたマディの言葉への衝撃が大きすぎて、ケイレブに何を言われようが腹は立たなかった。ジャックは立ち上がり、それぞれのカップにコーヒーを注いだ。「本当に彼女がそう言ったのか？　一言一句、そのとおりに？　ぼくをからかってるんじゃないのか？」

「一言一句、間違いない。祖母から手紙が来ただろう？」

「ああ。あれは嬉しかった。落ち着いたら返事を書くつもりだ」

「直接会うほうが手っ取り早いだろう。食事に来いよ。みんなおまえに会いたがってる」

「みんな？」ジャックは顔を上げ、まっすぐケイレブの目を見つめた。

「ぼく、祖母、ティルダ、マーカス、ロニーだ。マディは黙っていなくなった。どこにいるのか誰も知らない」

「いなくなった？」ジャックはぎくりとした。「いなくなったとは、どういう意味だ？　まさか、失踪とか？」

「いや、そういうんじゃない。ぼくたちに煩わされたくないんだ。これまでにも何度かあった。家族間のごたごたにうんざりすると、どこかへ行ってしまう。で、そっけないメッセージを送ってくるんだ。自分は元気だ心配するな、そっちはそっちでやってくれ、自分のことは放っておいてくれ、みたいに。この前、しばらくおまえと一緒にいたじゃないか。

あのときも同じだった」

「行き先に心当たりはないのか？」

ケイレブは首を振った。「むしろ、おまえのところに連絡があったんじゃないかと期待していたんだ」

ケイレブのスマートフォンが鳴りだした。その画面を見て彼は言った。「ロニーだ。すぐ終わらせる」ビデオ通話が始まった。「ロニー、どうした？」

「ケイレブ！　よかった、出てくれて！」ロニーは興奮していた。「ねえ、ニュースがあるの！」

「クリーランドに来てるんだ。ジャックと話をしていたところだよ」

「え？　ああ、そうだったのね。わたしからもよろしく伝えて。そうだ、わたしにもジャックの顔が見えるところにスマートフォンを置いて」

ケイレブが腕を伸ばし、二人のあいだにスマートフォンを掲げた。逃れるチャンスを逸したジャックは、ヴェロニカ・モスに向かって手を振るしかなかった。彼女は陽のあたる屋外にいて、長い赤毛が風に翻っていた。

「やあ、ロニー」ジャックは言った。

「ジャック、よかったわね。わたしも嬉しいわ」

「ありがとう」

「エヴァの結婚式でのこと、ごめんなさい。わたし、本当にひどいことを言ったわ」

「いや、いいんだ。正直なところ、あのときぼくは舞い上がっていたから、ほとんど覚えていないんだ」

「そうなの？　それでもやっぱり、ごめんなさい。もう一度ケイレブに替わってもらえる？　知らせたいことがあるの」

ケイレブがスマートフォンを自分へ向けた。「どうした？」

「マディから電話があったのよ。ビデオ通話で」ロニーは声を弾ませた。

ジャックは耳をそばだてた。

「どこにいるか言ってたかい？」と、ケイレブ。

「いいえ。でも、わかったの！　ビーチからだったんだけど、マディが向きを変えたとき、後ろにホテルが見えたのね。ホノルルの〈ロイヤル・エンバシー・スイーツ〉だったわ。わたし、去年の冬にジャレスとそこに泊まったのよ」

「なるほど。そういえば、ハワイにいるロリーナという友だちから仕事を頼まれたような話をしていたよ。名探偵だな、ロニー」

「でしょう？　一緒に捜しに行く？　あなたとわたしとマーカスで」

「いや」ジャックが割って入った。「きみたちは動かないでいてくれ。ハワイへはぼくが行く。今度こそ邪魔をしないでほしい。これまでのことを思えば、きみたちにそれぐらいの頼みごとをする権利がぼくにはあると思う」

ケイレブもロニーも驚いて黙り込んだ。張り詰めた沈黙が流れる。

「ああ、うん……そうだな」ケイレブが慎重な口ぶりで言った。「ロニー、あとでまた電話する。いいかな？」

「きっとよ。待ってるわ」

ケイレブは通話を終えるとスマートフォンをポケットに入れた。

「で？」ジャックは言った。「ぶつかってつまずくと困る。この件に関しては距離を取ってもらおうか」

「すぐに出発するのか？」

「そっちが帰りしだい」

ケイレブが面白そうに笑った。「とっとと失せろってか」

「人生いろいろあるとな、マナーなど忘れてしまうんだ」ジャックは悪びれることなく言った。

「わかった、わかった。ハワイへ行ってこい。こっちはみんなでおまえの幸運を祈るとするさ。ただし、マディを見つけたらすぐに連絡をよこすと約束してくれ。ぼくたちを安心させてほしい。とくに祖母を」

「約束する。玄関まで一緒に行こう」

追いたてられるようにして外へ出ながら、ケイレブが肩越しにこちらを見た。何か思い詰めたような顔をしている。

「これからどうする、ジャック？」

「それはマディしだいだ」

「仕事だよ」

「それもマディしだいだ。彼女の答えがノーなら、ぼくはたぶんこの国を離れる。ヒマラヤでも放浪するかな。レンズ豆ばかり食って腰まで髭を伸ばすんだ。それともフランスで外国人部隊に入るか。どうでもいいさ、ぼくがどうなろうと誰も気にかけない。どうだっていいと本人が思ってるんだから」

「気持ちはわかるが、いちおう言っておく。新しいプロジェクトを進めているそうだな。ずいぶん噂になってるぞ。モステックとしても興味津々だ」

「冗談だろう？」ジャックは驚いて言った。

「知ってのとおり会社の先行きが見とおせないから、おまえとしてはモステックと組むのはいやかもしれない。しかもマディが祖母の結婚命令を突っぱねたから、ぼく自身、今の仕事を失いそうだ。ジェローム叔父はきっとぼくらの首を切る。それで、いちおう言っておこうと思ってな。またおまえと二人でやっていけたらと、ぼくのほうは思ってるってことを」

外の石畳にジャックは立ち尽くした。「本気で言ってるのか？　あんなことがあったのに、バイオスパークを復活させたいって？」

ケイレブはジャックのほうへ向き直ると、うなずいた。「いろんな相手と仕事をしてきたが、おまえほど才能のある人間はいなかった――ティルダを除いては。彼女はおまえと同類だ。三人が組めば世界征服も夢じゃないとぼくは思ってる。あとは、親友がそばにいないとつまらないという単純な理由もある」そこでケイレブは口を閉ざした。顎がこわばり、頬が引きつっている。「おまえが怒ってるのはわかってる」途切れ途切れに彼は言った。「今さら、虫のいい話だということも。二度と近づくなと言われてもしかたない。それは頭ではわかってる。だが、あきらめ切れない。完璧な、理想の世界を、おまえと一緒に目指したいんだ。考えておいてくれ」

濡れそぼつ髪が額に張りつくのにもかまわず、ジャックは言った。「確かに、ぼくはまだ怒ってる。けれどぼくも一人ではつまらなかった。二人で知恵を絞る日々が懐かしかった」

「こっちもだ」

「だが、マディに撥（は）ねつけられたら、ぼくはここを去る。できるかぎり遠いところへ行って、二度と戻ってはこない」

「わかった」ケイレブは車のドアを開け、運転席に座った。「わかったが、どこへ行こうと、二人の友情とぼくからの謝罪は忘れないでいてほしい。受け入れてもらえるなら、だが。幸運を祈る」

「ありがとう」

　窓が上がってエンジンがかかり、ポルシェは去っていった。

　ジャックは家の中へ入った。放心状態のままパソコンの前に座ると、ホノルル行きの飛行機の時刻を調べた。四時間後に出発する便があった。急げば、そして渋滞に巻き込まれなければ、間に合うかもしれない。

　そこいらのものを手当たり次第に鞄（かばん）に放り込み、パスポートをつかんで車に飛び乗った。一分一秒を争う事態であるにもかかわらず、クリーランドを抜ける途中、ジュエリーショップの前でジャックは急ブレーキを踏んだ。濡れたアスファルトの路面で車が尻を振る。

ジャックは店へ駆け込んだ。「すみません、二週間ほど前に彼女と婚約指輪を見に来たんですが」店員に言いながら、早くもクレジットカードを引っ張り出していた。「サファイアとルビーの、ほら、アームがホワイトゴールドの。まだありますか？」

「確か、ございますよ！」満面の笑みで店員は答えた。「見てまいりますね」

容赦なく時を刻む時計を睨みながら、ジャックは待った。なんとしてもあの便に乗りたい。だが、マディと会う前に装備を完璧にしなければ。

恋い焦がれてのぼせ上がった男の、これが精いっぱいの装備だ。

20

白い泡を踏み分けるようにして水際を歩くと、寄せては返す波の音が耳に心地よかった。この音を聞いているときだけ、まともに息ができる気がする。それ以外のときは、焼けつくような空気が胸骨あたりにわだかまって、マディを苦しくさせるのだった。ロリーナに頼まれた仕事を不眠不休でこなしているあいだは、何かを考えたり感じたりする暇もなかった。しかし今朝、詳細な分析結果を友人に手渡して仕事は終わった。このあとは長い一日になるだろう。長くて退屈で空しい一日に。それはある意味、自分の人生そのものみたいだ。

部屋でじっとしていると、そうした暗い想念にのみ込まれてしまいそうな気がした。だからマディは、裾が膝のまわりで軽やかに揺れる薄手のワンピースを着て、ビーチへ出てきた。

忙しくしているあいだも、マスコミの報道には接していた。ガブリエラ、グリア、ルブランがどんな卑劣な手を使ってジャックを陥れたか、徐々に全容が明らかになってきたようだった。中にはジャックの写真が添えられた記事もあったが、バイオスパーク・スキャンダル以前の、古い写真ばかりだった。そしてどの記事にも、ジャック・ダリーからのコメントは得られていない、とあった。

ジャックにしてみれば、他人から好奇の目で見られるのはもうたくさんというところだろう。その気持ちはよくわかる。

マディのほうは、ロリーナの仕事が終わった今、これからの身の振り方を決めなくてはならなかった。オファーはいくらでもある。そうやって仕事から仕事を渡り歩くのもいいかもしれない。少なくとも、ほかの働き方より悪いということはないし、詮索好きな家族から離れていられる時間も長くなる。

しかし、もはや仕事はマディを満ち足りた気持ちにはしてくれないのだ。難題を前にしても、わくわくしなくなってしまった。

そもそも大の大人が毎日の仕事に楽しさやスリルを求めるなんて、ないものねだりなのかもしれない。きっとそんなものは最初からありはしなかった。自分が幼稚で、地に足がついていなかったのだ。いいかげん、現実と向き合わなければ。

おぞましい現実だ。考えただけでうんざりする、味気ない単調な日々。それが延々と続くのだ。

「マディ」

背後で声がして、マディは凍りついた。心臓がすさまじい速さで打ちはじめる。でも、前を向いたままでいた。こんなの、幻聴に決まっている。ジャックがここにいるわけがない。

それからゆっくりと、マディは向きを変えた。とたんに空気が一気に肺から出ていき、頭がくらくらした。

ジャックがそこにいた。裸足で、打ち寄せる波の際にたたずんでいた。ひどく真剣な目をしている。

「ジャック？」マディの声は震えた。「こんなところで何をしてるの？　どうしてここがわかったの？」

「ロニーがきみとビデオ通話していて気づいたんだ。後ろのホテルに」

「ああ、そういうこと。じゃあ、あなたはわたしの家族とグル？　いったいいつの間にそんなことになったのかしら」

「違う。有益な情報だから使わせてもらっただけだ。どうしてもきみに会う必要があったから」

「礼を言うために。ぼくの名誉を回復してくれてありがとうと」マディは唇を噛んだ。ジャックの表情に混乱させられる。彼はまるで――いいえ、そんなわけはない。これ以上心が傷つけば、もう生きていけなくなる。

「どういたしまして」固い声でマディは返した。「だけど最低限のことしかできなかったわ」

「きみの最低限は、ほかの誰の最大限よりもすごい」ジャックがこちらへ足を踏み出した。切羽詰まったような目をしている。「頼む、マディ」

「頼むって、何を？」波が渦を巻いてドレスの裾を濡らす。「わたし、契約は履行したでしょう？　あなたの汚名はそそがれ敵は滅び、友人は戻ってキャリアの可能性は広がった。まだ何か足りないっていうの？」

「きみが足りない。きみがそばにいてくれないのなら、ほかに何が手に入ろうとなんの価値もない」

涙があふれそうになって、マディはうろたえた。「もう嫌われたと思っていたわ」声が震えた。「ホテルのバーで話し合ったあの夜、あなたはひどく傷ついたはずだもの。わたしはガブリエラやグリアや自分の家族に惑わされてしまった。あなたを信じる気持ちが揺らいでしまった。裏切られたと思ったでしょう？　本当にごめんなさい。だけどいくら謝っても、口に出した言葉は取り消せないわね」

「きみが謝る話じゃない。ぼくをはめたやつらはエキスパートだった。警察さえ欺いたんだ。きみが惑わされないわけがない。きみは、事実を見て結論を導くことが身についている。自分の信念を無理やり拡大して希望的観測をしたりはできない人だ。あの状況で混乱したからって、どうしてきみを責められる？　ましてやきみは、あのビデオに行き着いてぼくを救ってくれたんじゃないか」

マディはただ身を震わせて立ち尽くしていた。目に涙をためて、言葉もなく。

ジャックが彼女の手を取った。「マディ」とびきり優しい声だった。「潮が満ちてきた。ずぶ濡れになるよ。溺れてしまうかもしれない」

「怒ってないの？」マディは囁いた。

「怒るわけないだろう？」ジャックは手を引っ張った。「ぼくは恥ずかしいよ、マディ。ぼくがうじうじとふて腐れて引きこもっているあいだに、きみはたった一人で悪党どもを仕留めた。ぼくがあんな態度を取ったのにもかかわらず助けてくれようとしたのは、いったいなぜなんだ？」

マディは、彼の手に包まれている自分の手を見つめた。「それが正しいことだと思ったから。あなたには、やるべき大事な仕事がある——全世界に必要とされている仕事が。それを、卑劣で強欲なガブリエラが尖ったヒールで踏みつけにしようとしていた。許してはいけないと思ったわ。ばかでかいだけで頭が空っぽの彼女の手下も同じよ。二人で牢獄暮らしを楽しめばいいんだわ」

「それは同感だ」ジャックは言った。「つまりきみは、道徳的見地からぼくを助けてくれたわけだ」

「それだけじゃないわ」しっかりした声を出すのが難しい。「あなたに幸せになるチャンスをつくってあげたかったの。もしそれができれば、わたし自身、ささやかな満足が得られると思って」

「ささやかでいいのか？　大きな幸せを手に入れたいとは思わないかい？　人生がぼくたちに差し出してくれるすばらしいもの、すべてを。ぼくはきみと一緒にそれを手に入れたい。きみとでなければだめなんだ」

「ああ、ジャック」マディの喉がわなないた。涙をこらえるのはもう難しい。

「愛してる」かすれた声でジャックは言った。「きみは驚異的な女性だ。きれいで賢くて、一筋縄ではいかない。ぼくはきみを満足させることに一生を捧げたい。毎日、毎晩、きみを満ち足りた気持ちにさせたい」ポケットに手を入れると、小さな箱を引っ張り出して蓋を開ける。

クリーランドのジュエリーショップでマディが一目惚れした指輪だった。あれから実にいろいろなことが起きた。「ああ、嘘でしょう、ジャック」息が止まりそうだった。「わたしの、あの指輪」

ジャックの顔が、ぱっと明るくなった。「嬉しい言葉だ。そう、きみの指輪だよ。きみにつけてほしい。マディ・モス、ぼくの妻になってもらえますか？　未来永劫、きみを愛させてくれますか？」

マディはポケットからティッシュを探り出し、鼻を押さえた。「はい」しゃくり上げながら答えた。「あなたの妻になります」

目尻にセクシーなしわを寄せてジャックが晴れやかに笑った。喜びに顔を輝かせてマディの指に指輪をはめ、手の甲にキスをする。ひとつに融け合うように二人は抱き合った。しばらくしてジャックが顔を上げた。「待てよ、今ぼくたちが結婚したら、エレインの思うつぼだ。いいのかな？」

自分の笑う声が、マディには自由と幸せの響きに聞こえた。「悩ましい問題はマーカスにパスする？　どんな顔をするかしら。きっと今ごろ、自分は難を逃れたぞって、すごくほっとしてるはずよ。たとえ職を失うことになるにしてもね。マーカスの慌てるところを見たい気もするわ。ちょっと考えてみましょうよ」

「ぼくはきみのことしか考えられない。互いの誤解がすんでのところで解けて、永遠の絆を結ぶことができたんだ。これまでとは違う世界、新たな世界を二人で生きるんだよ」

「ええ」マディはもう一度ジャックを抱きしめると胸に顔を埋めた。「面白いと思わない？　わたしたち、始まりはビーチだったわ。二人とも裸足で波打ち際に立っていた。そして今また同じことをしているのよ」

　口づけを交わす彼らの足もとへ波が打ち寄せ、激しく渦を巻いた。それでもどちらも少しも動かなかった。とこしえにそこにある岩さながら、決して揺らぐことのない二人だった。

訳者あとがき

花嫁介添人として友人の結婚イベントに参加しているマディ・モスには、大きな憂いの種があった。祖母から下された結婚命令だ。祖父が興したモステック社は今や世界的なアグリテック企業となり、祖母はその前ＣＥＯだった。現在はマディの長兄ケイレブがＣＥＯ、次兄マーカスが最高技術責任者をつとめ、マディ自身も近々最高財務責任者に就任することになっている。ところがある日突然、祖母が三人の孫に言い渡したのだ。男子は三十五歳、マディは三十歳になるまでに結婚せよ、さもなくば会社の経営権を自分の義弟に譲る、と。この大叔父がトップの座に就けば企業倫理は揺らぎ、きょうだい皆が解雇されるのは必至。理不尽な命令にマディたちは驚き腹を立て、焦ったが、その後ケイレブは無事に幸せな結婚を果たした。次はマディの番だが、期限である誕生日まであと二カ月となった今も恋人はおらず、そもそもそんな理由で愛してもいない人と結婚するなど、彼女には耐えがたいことだった。

モステックの女帝が孫を結婚させようとしている話は広く知れ渡っており、三日間続くこのイベントのさなかにも、マディにアプローチしてくる花婿志願者は多数いた。とりわけ強引な一人と揉めているところに現れ助けてくれたのは、花婿側の介添人として参加しているジャック・ダリーだった。ケイレブと共に起業して一世を風靡（ふうび）したこともあった彼だが、九年前にケイレブを手ひどく裏切る事件を起こして投獄され、以来、モス家にとっては宿敵も同然の人物となっていた。しかしここでマディは突拍子もないことを思いつく。ジャック・ダリーを婚約者として紹介すれば祖母は仰天し、結婚命令を取り下げるのではないか。そう考えて協力を依頼すると、彼は思いもよらない交換条件を出してきた。有能なフォレンジック会計士であるマディに、九年前の事件の真相を調べてほしいというのだ。あれは冤罪（えんざい）だ、誰かが自分を陥れたのだと主張するジャック。マディは条件をのみ、かくして、愛し合う婚約者同士を装った二人の芝居が開幕したのだが——

モステックの経営者一族を巡る物語、テック・タイクーン・シリーズ。その第二話をお届けします。まず、前作のあとがきで述べたのと同じことをまた言わせてください、すみません。あらすじをご紹介しただけでは典型的なロマンス小説、ですがシャノン・マッケナらしさが今回も全開です。王道ロマンスファンのみならず、どなたにも楽しんでいただ

ける こと間違いなし。本作におけるキーワードは『信用・信頼』です。これもまた、ありがちなテーマだと思われるかもしれません。ですが、誰かを本当に信じることの難しさと貴さを、ここまで実感させてくれる作品は珍しいのではないでしょうか。それはきっと、ヒロインの職業と無関係ではありません。

フォレンジック会計士という言葉をご存じだった方はどれぐらいいらっしゃるでしょう。まだ日本では一般にはなじみの薄いこの仕事、少し前までは法廷会計士と訳されたりもしていましたが、実際には法廷の外で、企業内の不正調査などに携わることが多いようです。まさに本作におけるマディのように、綿密かつ徹底的にデータを精査して事実を突き止めるのが彼らの役目です。愛する人を信じたい、でも客観的事実に基づかない感情に溺れるわけにはいかない――その葛藤は、もしもマディの職業が何かほかのものであれば、これほどわたしたちの胸には響かなかったことでしょう。

いっぽうジャックの仕事も、骨の髄まで文系人間の訳者には大いに興味深いものでした。プラスティックを分解する微生物……。頭の中は『?』でいっぱいに。けれど、調べるほどに『?』は『!』に置きかえられてゆき、未来は明るいぞと思えてくるのでした。前途多難な地球に生きるわたしたちへの、シャノン・マッケナからの贈りものとも言える、この希望。これもまた、本シリーズに先立つ三部作、〈マドックス・ヒルの男たち〉シリーズからここに至るすべての作品に共通している要素です。脱炭素社会の実現に貢献する建築家ドリュー・マドックスと仲間たち。最先端義手を製作して共生社会の実現を目指す科学者ジェンナ。サイバー犯罪に立ち向かうセキュリティエンジニア、ソフィー。飢餓を救わんとする未来の大科学者たちを応援するPRエージェント、エヴァ。農業従事者のための予報プログラムを開発したティルダ。今回も折に触れ登場する彼ら彼女ら。その背景をご存じの向きにはいっそう本作を楽しんでいただけることと思います。

さて、シリーズ第三作となる次回の主人公はマーカス・モスです。兄と妹がそれぞれ愛する人と結ばれた今、モステック社の命運を背負うことになった彼。日本と韓国にルーツを持つという彼。どんな物語を繰り広げてくれるでしょうか。お相手はまたまた興味深い職業の女性でしょうか。いやがうえにも期待は高まります！

二〇二四年七月

新井ひろみ

訳者紹介　新井ひろみ

徳島県出身。主な訳書に、J・D・ロブ『名もなき花の挽歌 イヴ&ローク54』、シャノン・マッケナ『永遠が終わる頃に』『真夜中が満ちるまで』(すべてmirabooks)、サラ・ペナー『薬屋の秘密』(ハーパー BOOKS)など多数。

唇(くちびる)が嘘(うそ)をつけなくて

2024年7月15日発行　第1刷

著　者　シャノン・マッケナ

訳　者　新井(あらい)ひろみ

発行人　鈴木幸辰

発行所　株式会社ハーパーコリンズ・ジャパン
東京都千代田区大手町1-5-1
04-2951-2000(注文)
0570-008091(読者サービス係)

印刷・製本　中央精版印刷株式会社

ISBN978-4-596-96128-0